那是一次又一次
肉眼無法捕捉的斬擊，
而每道刀光看起來
都有龍寄宿其中——
U0074693
水守雪音
人稱「魔探三強」之一，官方作弊角色其中一人。擔任風紀會副會長。

「——九頭龍——」

Kadokawa Fantastic Novels
魔法★探險家
—Title
Magical Explorer
入栖
—Author
Iris
神奈月昇
—Illustration
Noboru Kannatuki
轉生為成人遊戲
Reincarnated as a Eroge Hero's Friend,
萬年男二又怎樣，
我要活用遊戲知識
I'll live freely with my Eroge knowledge.
自由生活
3
—Volume

Chapter Select 目錄

Magical Explorer 3

瀧音幸助

於遊戲版《魔探》中登場的男主角的死黨配角，但是肉體中的精神是個熱愛成人遊戲的日本人。擁有特殊的能力。

琉迪

琉迪薇努·瑪莉·安潔·多·拉·多雷弗爾

妖精國度「多雷弗爾皇國」皇帝的二女兒。在遊戲《魔探》包裝封面登場的主要女角。

水守雪音

人稱「魔探三強」之一，官方作弊角色其中一人。擔任風紀會副會長。

花邑毬乃

遊戲舞台「月詠魔法學園」的學園長。在遊戲中鮮少登場，是個謎團重重的人物。

花邑初實

花邑毬乃的女兒，也是瀧音幸助的遠房表姊。基本上鮮少開口，感情不常顯露在臉上。月詠魔法學園的教授。

克拉利絲

擔任琉迪的護衛兼女僕的妖精族女性。個性認真且對主人忠誠，難以擺脫過去的失敗。

聖伊織

遊戲版《魔探》的男主角。外表平凡無奇，但只要善加培養就能成為遊戲中的最強角色。

加藤里菜

在《魔探》的遊戲包裝登場的主要女角。個性好強不服輸，在意自己的平胸。

奈奈美

為輔佐迷宮之主而被創造出來的女僕。種族是罕見的天使。

Character　登場角色

Magical Explorer 3

莫妮卡

莫妮卡·梅爾傑迪斯·馮·梅比烏斯

擔任「學生會」的「會長」，身為「魔探三強」其中一人，也是登場於遊戲包裝的主要女角。

絲蒂法

絲蒂法妮亞·斯卡利歐聶

擔任「風紀會」的會長職「隊長」。來自法國的聖女，美麗和善而廣受學園生愛戴，但是……？

貝尼特

貝尼特·伊凡吉利斯塔

擔任「式部會」的會長職「式部卿」。受到學園生厭惡，但在成人遊戲玩家之間人氣很高。

Dictionary　專有名詞辭典

Magical Explorer 3

三會

在學園內擁有莫大權力的學生會、風紀會、式部會的總稱。唯有一小部分的菁英能加入，會員個個實力堅強。

學生會

計劃並執行學園祭或魔法大會等活動的組織，也是學生們的模範。

—

組織成員

會長：莫妮卡·梅爾傑迪斯·馮·梅比烏斯／副會長：芙蘭齊斯卡·艾妲·馮·格奈森瑙

風紀會

為維護校內風紀而活動的組織。發生暴力相關事件時，主要由風紀會採取行動解決。

—

組織成員

隊長（會長職）：絲蒂法妮亞·斯卡利歐聶／副隊長（副會長職）：水守雪音

式部會

權限可對學生會的活動予以監督或提出不信任案等，但不清楚實際活動是否名符其實。

—

組織成員

式部卿（會長職）：貝尼特·伊凡吉利斯塔／式部大輔（副會長職）：姬宮紫苑

第一章 水守雪音的糾葛

—雪音視角—

走在校園並與同學們打招呼時，我發現了異常引人注目的男性。

使大概比身高還長的紅披肩輕盈飄浮而不觸及地面，就這麼在學園大步向前，會讓人忍不住多看一眼也是當然的吧。再加上他的斜後方有一位銀髮的美麗女僕亦步亦趨，根本就等於高聲主張自己的存在感。

集中於他的視線絕非善意，周遭的竊竊私語也不是興奮的讚嘆。

「為什麼還待在學園啊？」

「沒上進心就乾脆不要來啊。」

流言蜚語自四周傳來。

根據我的調查，這類意見來源主要以琉迪的親衛騎士隊（粉絲俱樂部）LLL——「Love Love琉迪薇努大人」為最大宗。

人其實還滿單純的，一旦聽聞謠言，或多或少都會自己戴上偏見之類的有色眼鏡。

就這次來說，因為瀧音起初就傳出了「劣等生」、「品行不良」、「輕浮男」等等的謠言，在校園中這樣的偏見相當普遍。

在已經懷有成見的狀態下，「劣等生」這部分看起來更為醒目，透過有色眼鏡而更加凸顯。

令人遺憾的是，有這種看法也很正常。因為就某些角度來看，瀧音確實是個品行不良的劣等生，也像個輕浮男。

原本就如此認為的人們肯定會這樣想：原來謠言都是真的。很可惜，儘管真相並非如此，只要大多數人這麼認為，那就會成為事實。換言之，瀧音是個「劣等生」。

尤其是厭惡瀧音的大本營LLL，他們特別無法原諒劣等生瀧音與琉迪關係親近吧。雖然LLL之中還是有「應該去了解琉迪大人的意思並予以尊重」的聲音，但終究是少數派。

前方的男同學應該也是LLL的成員。

「還是該直接講明白吧？」

他皺著眉頭如此說道，另外兩名跟班似的男生面露凝重的表情點點頭。

我不知道他們是誰，但我隱隱約約能察覺剛才發言的男同學應該是某國的貴族。

學園揭櫫的原則是不分學生的國籍與身分，一律平等對待。也因此儘管是貴族或王族，也無法在此施展權力。

表面上如此。

但是事實上不一定。如果彼此是同國出身的貴族，想必打從一開始就有上下關係。對於聖女或皇女等尊貴的身分，自然也無法等閒視之。雖然有三會這種例外。

在這個學園雖然不太常見，但貴族之中有些人個性相當頑固，認為一切事情都該順心如意，一旦事與願違就會動怒，有時甚至會出手騷擾。這種性質十分符合他們現在對瀧音的行徑。

以他們LLL為例，那就表現在對瀧音的視線與言語上。此外甚至開始有人直接要求瀧音與琉迪保持距離，正好就像眼前直接對瀧音開口的這些人。

我甚至覺得決鬥打一場還比較乾脆，但是一年級生的決鬥還要一段時間才會解禁。哎，要是真的決鬥，很明顯是瀧音會壓倒性勝利，不過這樣也可能會更加惹怒對方就是了。然而，不管旁人怎麼想，瀧音終究是瀧音。

我很明白，瀧音是值得信賴的人。只要與他深交，肯定會越來越受他吸引。

瀧音擺著有些傻眼的表情，與奈奈美不知正在說些什麼，這時剛才的貴族靠近他。瀧音瞥了對方一眼但毫不介意，繼續與奈奈美交談。之後貴族主動向他搭話。萬一發生衝突，我還是得介入處理。儘管我這麼想，卻只是白操心。

瀧音用眼神制止奈奈美，露出平常嘻皮笑臉的表情與他們交談。貴族們起初怒氣衝天，但很快就冷靜下來，最後不知咒罵著什麼離開瀧音與奈奈美身邊。

隨後瀧音與奈奈美若無其事地開始鬥嘴，兩人大概正在上演平常的雙人相聲吧。

「那荷包蛋呢？荷包蛋還是要加醬油才對味吧？」

「醬油確實難以割捨，但平常還是『奈奈美特調』吧？」

「奈奈美特調？奈奈美特調又是什麼啦！」

「您沒聽過奈奈美特調？」

「誰聽說過啊！雖然妳講的好像眾所皆知，我根本不曉得是什麼。」

當我靠近他們兩人，他們便轉向我，面露笑容。

「嗯？學姊？」

「日安，雪音小姐。」

奈奈美打招呼的同時，在瀧音的視線死角取出了類似平板電腦的東西。上頭解釋了何謂奈奈美特調，此外也寫著希望我能配合演出。

我明白了奈奈美的意思。雖然對瀧音有些不好意思，現在就配合奈奈美吧。

「所謂的奈奈美特調是將特製的奈奈美精華靜置一晚發酵後，添加辛香料所製成，應該是吧？」

「為什麼學姊會知道！」

這反應讓我不由得笑了。我當然同樣不曉得。

「話說奈奈美精華又是什麼啊？和蜆精差不多嗎？」

「這種事……真的要逼我說出口？」

「妳為什麼要害羞啊…………？」

我也想問奈奈美精華指的是什麼。不，還是別問了，沒必要讓瀧音更加混亂。

「哎，這就先放一旁。瀧音早上才剛見過吧，奈奈美妳好。」

大概是因為隸屬風紀會的我走近，感覺視線更加集中了。我催促兩人開始移動。

「剛才和他之間發生了什麼事？」

我這麼一問，瀧音像是根本不在乎，隨口回應：

「喔。他當著我的面說，我對琉迪大人有不好的影響。」

他聳了聳肩如此說道。

雖然我已經預料到了，剛才那些人還真的當著瀧音的面批評他。比方說上課態度惡劣；不出席下午的課程；在學園內恣意妄為；這裡可不是你家；為認真學習的人帶來麻煩等等。

「你聽了作何感想？」

「我覺得有一部分確實沒說錯啊，上午和下午的課我都常常翹掉嘛。哎，不過我自認所作所為不會給人添麻煩就是了。」

「真是的，被害妄想也該有限度。」

奈奈美所言甚是。

「不過，一切都看琉迪。」

瀧音接著說：

「如果琉迪真的討厭我，當然我也不會靠近她。不過就像我對琉迪的信賴，我覺得她也同樣信賴我。」

琉迪是否真的信任瀧音？根本是明知故問。

「這點我可以保證。」

「當然我對學姊也相同喔。」

「信賴啊……畢竟你有時候太過魯莽啊，比方說琉迪那次。」

我開玩笑地說著，瀧音便露出苦笑。

「當然這是開玩笑的。包含那件事在內，我很信任你。」

我這麼說完，瀧音欣喜地露出牙齒笑了。那樣感覺很可愛。

瀧音平常確實給人輕浮膚淺的印象，不光是穿著打扮，態度基本上總是嘻皮笑臉。

但是在關鍵時候又會露出認真的表情，而且非常可靠。

「對了，學姊。」

瀧音這麼說著，對我撇嘴一笑。

「準備工作已經漸漸完成了，接下來我要做一件會讓學姊嚇到的大事。」

一件會讓我嚇到的大事？

「老實說滿嚴苛的，難度高得也許會失敗。不過那是絕對必要的過程，現在會陷入這種狀況也是為了那個計畫，所以請妳好好看著我。」

語畢，他拍了拍自己的胸膛。

「看著日後的我，還有登上最強寶座的我。」

他說完，笑了。

我不知道他究竟在計劃什麼。就算我開口問，他大概也只會敷衍帶過吧。

而且他還說有可能會失敗。但是不知道為什麼，我無法想像他失敗的未來。

支持他的有他的家人——花邑毬乃學園長與花邑初實老師，以及琉迪、奈奈美、克拉利絲小姐。置身於絕佳的環境，而且理解自身才華並付出近乎愚昧的努力，在這樣的他身上，我只看見成功的未來，彷彿光芒灑落般燦爛而刺眼。

他和奈奈美兩人的前進方向並非通往校舍。

看到兩人的身影，我沒來由地想著。雖然看起來一如往常，兩人的距離似乎比過去近。奈奈美與瀧音發生了什麼事嗎？能感受到兩人之間有肉眼看不見的信賴。

「世界最強啊……」

站在原地看著他們的背影離去，姊姊的身影突然浮現腦海。

『我不是天才。如果妳真的那麼想把我當作天才，那妳也要承認。雪音，妳也是天才。』

大概是因為和瀧音交談，最近時常回憶起姊姊。

『妳能變得比任何人都強，要相信自己。我認為妳可以成為世界最強。所以，代替我朝著那個巔峰前進。』

「代替我啊……」

成人遊戲的男主角大多過著燦爛的學生生活。

值得信賴的朋友、景仰自己的女角、終將成功的故事。因為眾多玩家渴求的就是這般幸福的故事，當然會如此發展。

那麼成人遊戲的朋友角色又如何？

很難斷言一定會幸福，但是我覺得結果會隨著自身行動而改變，也認為男主角置身同樣的條件下。

言歸正傳，現狀如何？

被不認識的貴族找麻煩，甚至遭到威脅，也受到一部分學生的敵視。

儘管如此，我無論如何都想變得更強，有些東西絕對想拿到手，因此這些行動都是必經之路，周遭的反應也可說一如預期。

一想到我的目的，我便毫不在乎旁人的目光。只是被莫名其妙的傢伙纏上罷了，不成問題。我本來就知道我的行動會招惹注目，這種狀況遲早會發生。

儘管風評如此，但我心情舒爽。

一帆風順，順利得我幾乎能仰天大笑。

不只如此，我的生活非常充實。若單論充實程度，我甚至覺得不輸給一般成人遊戲男主角。

奈奈美提供協助也非常重要。許多事情不需要我開口，她便自動自發為我解決，因此一切進度都比預定的還快。只是像這次無法與她共同行動，她就會對我抱怨。

即將發生的事件旗標已經立好了，那麼接下來必須先擬定下一步行動。

我這麼思考著，前往圖書館的途中。

「討厭～～你為什麼都不來呢！」

呼喊般的聲音從我身後傳來。

站在該處的是一名草莓金髮色的嬌小女性，而且下垂的眼角與淚痣非常可愛，再加上甜美嗓音，簡直堪稱芳香療法的化身。

「路、路易賈老師？」

怎麼會突然跑來找我？我心生這種疑問也是正常反應吧。不過當我們移動到第三魔法研究所，請她解釋來龍去脈後，我不只十分理解緣由，甚至有股罪惡感油然而生，讓我覺得「實在是不好意思」。

路易賈老師和我一起高呼「加油～～！」之後，似乎針對我的體質做了不少調查，我卻一直沒有去她下午的課程，她因此對初實姊抱怨，結果發現我是初實姊的親戚，還住在同一個屋簷下。

「初實那時候是我的學妹！我們一起進迷宮探險過喔～～」

老師這麼說著，眼尾垂得更低了些，表情洋溢著懷念之情。

和可愛的老師兩人獨處進行特別教學……更正，一對一教學……奇怪？聽起來似乎有點煽情，到底是為什麼？

「原來是這樣啊。」

「就是這樣！奇怪？初實都沒跟你提過？」

仔細一想，我從來沒問過她在學園的人際關係。容我說句失禮的話，因為她看起來交友範圍就不廣……我覺得問了也許會踩到地雷，況且我從來沒聽姊姊說過她要跟朋友出遊。

「真要說的話，姊姊她很少提起這方面的事。」

我想也是──老師苦笑著點點頭。

「不過就初實的個性來說，聊起瀧音時算是特別多話喔。」

無法想像姊姊滔滔不絕的樣子。

「我沒有騙你啦～」

我的想法似乎顯露在臉上了。話說，要聊姊姊的話題是沒關係，能多了解姊姊一些也很好，但是這些事先放一旁，在下目前有個非常介意的問題。

「呃，可不可以請老師解釋一下這是什麼？」

我說完，指向那玩意兒。

細長管子的前端接上吸盤般的物體，看起來和測量心電圖的裝置有些類似。不過該怎麼說呢？管子另一端連接的機器外觀看起來像是會用在與惡魔訂立的契約上，讓我心生強烈的不安。

「這個？看就明白了吧？這是魔力計測器。」

我不明白。至今我在花邑家和販售魔具的商店見過不少用品，儘管如此，我還是完全不明白。

「那這個又是什麼？」

我指向機械的側面，一般會出現在羊頭上的螺角從該處伸出。

「這是角。」

重點不是名詞，這我看就曉得。我現在想要的不是英文教科書上的會話，我想知道為什麼這機器需要裝上這個。

「那為什麼機器上會長角？」

「我不知道。」

我不由得蹲下身抱住自己的頭，然後憑著鋼鐵般的精神力站起身，將這個問題暫且擱置，提出下一個疑問。

「請看這裡，很明顯這機械設有螢幕。螢幕下半部的鍵盤狀物體上有大量的骷髏頭標誌，而且有數個開關已經啟動，請問這是為什麼？」

「我也不知道。」

「我想起來有急事要辦。」

我說完便轉身，路易賈老師猛然抓住我的肩膀。

「請等一下啦～我已經跟初實確認過了，你今天接下來沒事～」

初實姊～！姊～～～～～～～～～～～～～姊～～～～～～～～～！

「別擔心。起初我看到也覺得不安，但是用不著擔心。嗯，因為這是我跟學園的知名天才發明家借來的，沒問題！我說不用擔心就是不用擔心。應該吧。」

聽起來完全像在催眠自己，真的沒問題嗎？而且最後還有無法聽而不聞的一句話。

「路易賈老師，妳有自己試過嗎？」

請不要那麼露骨地轉開視線。

「……順便問一下，這機器是誰發明的？」

「我想你大概也不認識……是阿涅莫努同學。」

我不由得板起臉，隨後把手擱在老師的肩膀上，搖搖頭。

「老師，我可是為了妳好，馬上退貨吧。」

阿涅莫努是在魔探劇情上一定會成為夥伴的妖精族次要女角，此外也是在魔探之中過往身世艱辛度頂尖的其中一人。

她確實是天才，這是千真萬確的事實。諸位紳士（成人遊戲玩家）淑女為她取了許多來自瘋狂科學家的綽號，諸如「耶羅科學家」或「超Ｍ科學家」等，在人氣投票也是高排名的常客。吾等紳士都屢次受過她與她的發明物照顧，因而心懷敬意如此稱呼。

不過現實的紳士（成人遊戲玩家）們還會將她的評價更向上提升數階吧。她本人的可愛當然也是一個原因，不過更重要的還是那些創意十足的發明物。

但是，那些發明物交給男人使用也沒意義。哎，對於喜好男性的人也許同樣是獎賞啦，不過在這場合——

「應該由老師先親身試試看吧？」

我就坦白說了吧，我想親眼看看。

但是老師難掩退避三舍的神情，呢喃著「我不行」。

「不知道為什麼我有很不好的預感……原本我只是稍微提起你的體質問題，她就把這個借給我了。所以這是給你用的，不是給我用的。而且她還說只要我報告結果，之前的事她就不會告訴任何人……」

等等，我似乎聽到了某些可疑的字眼。

「哦～～不告訴任何人？」

「哇啊！」

老師的視線從我身上挪開，原本嬌小的身體縮得更小了，態度忸忸怩怩。

妳好歹也是教師，為什麼會被學生握到把柄！雖然我想這麼說，但仔細一想，老師原本就是這種容易被人抓住把柄的設定，而且是魔探男主角先抓住老師的把柄。

「……好吧，我會用……不過請妳全部解釋清楚。」

「咦，這、這我不太方便……」

「我發誓絕對不會危害老師。」

「好、好吧……」

「問題就在這裡啦～～～～！」

我不禁抱頭吶喊。

「老師剛才那瞬間就被騙一次了。妳知道哪邊不對嗎？」

在遊戲中若要發展與路易賈老師的關係，手段並非去上路易賈老師的選修課程。雖然就劇情條件來說，至少需要先出席一次就是了。

和她真正相遇的地方是色色的店。

伊織與大剌剌地直接約他一起去「色色的店」的瀧音一起去某家店。哎，當然也可以選擇不去，不過紳士淑女們應該都不會迷惘吧。

伊織會在那裡認識第一天上班的老師。順帶一提，瀧音因為對店裡的人做出失禮的舉動而被轟出去，沒機會與老師接觸。就成人遊戲男主角的朋友而言，可說是幾近滿分的舉止。

「好的……」

遊戲中，路易賈老師會說明自己受經濟所逼才開始這種兼差，雖然沒提及詳細原因，但男主角可以給她一筆在第一輪遊戲尾聲才可能持有的巨額金錢，解決她的問題。但同時老師也會因為有把柄被男主角掌握，任憑男主角差遣。現在仔細一想，用錢解決真的滿亂來的。

如果老師在諸多紳士中人氣非常高，就可能在更新檔追加新的劇情橋段，得知她為錢所困的理由吧。不過很遺憾，老師幾乎沒什麼人氣可言。我個人則是老師的聲優的粉絲，讓我非常喜歡她。難道是年近三十的設定不受歡迎嗎？

「我大概明白了。不過還是請老師老實招來。」

「咦咦～～既然都明白就不用了吧……」

是因為沒辦法放著妳不管啊！

我猛瞪她一眼，她就縮起肩膀。

「對、對不起……」

「哎，暫且不追究。總之，早點啟動阿涅莫努學姊的機械，收拾這個東西吧。在那之後——」

妳應該明白吧——我用眼神示意。

「好、好的……我、我可以啟動機器了嗎？」

「阿涅莫努學姊可是相處時最不能掉以輕心的人喔。」

特別是女性。至於男性，畢竟也有人喜歡被當成狗嘛，我不予置評。

「真的可以嗎？」

她用無法置信的眼神看著我。如果妳會露出這種眼神，打從一開始就別想用那台機器嘛。我想歸想，這也許是強人所難吧。

為了裝上吸盤似的裝置，我卸下披肩，褪下上衣。在我脫去襯衫的時候，老師發出驚嘆的嘆息。

「哈啊～～好猛喔～～……」

老師開始撫摸這具雖算不上肌肉猛男，但也相當結實的身軀。起初畏畏縮縮，現在動作越來越大膽。

「老師，快點準備……」

「好、好的。馬上好！」

她連忙取出看似說明書的文件，一邊閱讀一邊著手準備。然而，我讀了說明書後輕嘆一口氣。

「……褲子也要脫吧？」

「麻、麻煩你了。」

於是我鬆開腰帶，手抓著腰頭一口氣往下拉。不經意地一看，老師正用雙手摀著臉，從指縫間看著我。

現在流行這樣？學園教師之間流行從指縫偷看別人的裸體嗎？說起來，老師都年近三十了，別因為看到男人半裸就驚慌失措好嗎？該不會我有分子級的可能性是個偶像經紀公司水準的帥氣型男？別想太多了。

「老師，能不能快點……」

「對、對不起……呀啊！」

老師在空無一物的地方絆倒，整個人猛然撞向我。我接住了老師，她的手卻正好摸向我的重點部位……

「啊哇，啊哇哇哇哇。」

「喔呼！」

這是哪門子的獎勵啊？就各方面來說都很危險，快點拉開距離啦。

「對、對不起～」

我讓精神恢復鎮定，將吸盤般的東西一一貼到身上。全部貼好之後，我拜託老師啟動裝置。

「……沒、沒問題嗎？」

老師在和我隔了數公尺的位置問我。

「如果問有沒有問題，單論身體狀況是沒問題，但是精神已經有如風中殘燭……」

「對、對不起。可、可是應該取得一定程度的數據了……！」

「不過整台機器都報廢了。」

看到那台機器的兩根羊角之間不斷冒出煙，我猛然嘆息。

耶羅科學家的作品果真不是什麼好東西，我一點也不願意回憶。不過，萬一剛才是路易賈老師使用這台機器，恐怕不只是機器爆炸，我的下半身也不例外吧。

「嗯～～光看你的那個來判斷，感覺像是在魔法成形之前就被打斷了，或者是受到外力的妨礙？」

「如果能成為解決的線索就好了。」

我嘆息道。老師手扶下巴，呢喃著：

「此外還有件事讓我在意，你體內居然能蘊藏這麼多魔力啊。」

「是啊。能裝進這身體裡面，我自己都覺得不可思議。」

「既然這樣，和一般的差異並非儲藏量不同，而是根本上存放於不同地方嗎？不過如此一來，初實提倡的魔力異次元蔓延論和異次元保存論的可信度就提高了啊。但這樣的話，法斯特提倡並經過數名學者部分證明的空間微粒子魔力論所產生的魔素就……」

她口中唸唸有詞。

「說不定兩種都是對的喔。」

我隨口呢喃道。

「如果真能證明，會是歷史性的大發現喔……」

她表情認真地回答。

哎，術業有專攻，我這個門外漢給不出意見，這些事就請她之後再慢慢思考吧。接下來，讓我們言歸正傳。

「那麼，老師，妳會遵守我們的約定吧？」

我把手輕輕放到她的肩膀上，笑著說道。老師宛如忘了上油的機械，僵硬地轉過臉龐說：「真的非說不可？」我的答案當然只有一個。

「對。」

老師放棄掙扎，跪坐在地上。之後她用顫抖的手緊捏著衣服下襬，開始向我坦白。

不出所料，問題的根源在於錢。

老師解釋：不知不覺間因為稅金和欠債把錢花光了，正打算到色色的店兼差時，被耶羅科學家得知這件事，為了要她幫忙隱瞞，只好聽從她的指使，才會演變成這回的慘狀。為什麼妳會隨便答應「我什麼都願意做」啊？

不過，這次主要是我成為耶羅科學家的被害者就是了。

「話說，老師該不會只是被騙，結果多付了太多稅金或債務之類？」

因為我只是簡單聽她說，還無法斷言，不過借貸的利率感覺就不太對，而且稅金部分從日本的制度推算，大概連能減免的部分都繳了。也許這個世界與日本大不相同？不對，我想應該還是繳太多了。

「呃，可是業者是這樣說的……」

「妳有好好看過契約書嗎？」

我越是追問就越覺得她肯定繳了原本不用繳的錢，甚至可能有人在背後誘導她產生誤會並額外多繳了錢。老師這麼容易聽信他人，想必也很好騙吧。我看金額絕對膨脹了許多。

「為什麼妳就任憑狀況變成這樣？」

「那個喔……因為……」

「……妳都幾歲了啊？出社會第幾年了啊？」

「咿！」

見到老師快哭出來的表情，我不由得嘆息。會想哭也是當然的吧，因為金錢觀念差得被學生說教嘛。

「對、對不起……」

跪坐在面前的老師垂下頭，我不禁大嘆一口氣。難怪在遊戲裡需要大量金錢。既然都知道這麼多了，只好負起責任奉陪到底。

「請帶我去老師家。」

「我、我家……？該、該不會你想藉這個把柄染指我的身體！」

「……妳好像有很嚴重的誤會耶。」

「啊哇、啊哇哇哇，那個……」

有夠麻煩！

「……請把妳家裡的存摺和借據統統拿出來！」

我拿出智慧型手機，叫出我在這個世界最常聯絡的號碼。那是一位女性，已經育有子女。

「啊，毬乃小姐？我有件事想拜託，可以幫我介紹會計師和律師嗎？」

想必連毬乃小姐也對這句話十分吃驚吧，她發出傻氣的「咦～～」的聲音。話說妳幾歲啊？

直接從結論說起，路易賈老師的負債不至於完全解決，但至少減輕了大半。

金額令人驚嘆。毬乃小姐幫忙介紹的會計師的反應豈止是苦笑，連嘴巴都闔不起來，而我甚至覺得一陣噁心。

雖然路易賈老師說「人家幫我設計了每個月定額的安心償還計畫」，但是那個償還計畫本身就很誇張，根本是被騙了。除非中彩券，不然總有一天一定會周轉不靈。

「真虧妳沒賣內臟。」

律師表情凝重地如此說道，讓我印象深刻。順帶一提，實力堅強的魔法師內臟似乎非常昂貴。到底是要用來幹嘛啊？

雖然有些部分有點危險，但靠律師登門造訪解決了一定程度。唯獨一處是滿臉橫肉的兄弟們的事務所，必須由我親自跑一趟（非常恐怖）。但我只說一句「我是花邑幸助，花邑家已經做好抗戰的準備（法律&武力）」就搞定了，不愧是聞名天下的花邑家。順帶一提，我和對方同樣兩腿發抖，真是一幅不可思議的情景。

我和毬乃小姐透過電話聽完律師們的報告，切斷通話後，同時深深嘆息。

「至於剩下的負債，我決定由花邑家全部接手了。」

毬乃小姐臉上浮現倦色，上半身躺向那張看起來很貴的皮椅，將冷掉的咖啡端到嘴邊。

「大概沒有比這更讓人安心的債主了吧……」

據毬乃小姐所說，這位全身芳香治療師（年近三十的負債教師）就魔法師而言實力確實高強。

「真受不了……如果只是個平庸講師，危害波及學園之前我就先逐出學園了。」

「這是當然的吧……」

就學園理事長而言是當然的處置。雖然並未成真，如果路易賈老師失去了月詠魔法學園講師這份工作與社會地位，最後的下場……恐怕只有一個。

撇開這些不談，因為毬乃小姐處理這件事情時態度不苟言笑，可見有多麼危險。就連之前面對姊姊端出的夜景晚餐時，她都還能裝傻搞笑。

「我終於知道她為什麼會住在那樣破舊的公寓了。我會立刻要她搬進我們家管轄的公寓，讓不肖分子沒機會靠近，房租和負債從薪水扣。我是打算廉價租給她住，不過沒意外的話，償還負債大概要十年吧。」

「嗯，這也是當然的吧。」

金額現在縮減到十年就能償還的程度了嗎？真是太好了。此外，老師的公寓其實也沒有毬乃小姐說的那麼破舊，不過就老師的薪資而言，顯然是便宜的地方就是了。

「然後，我認為需要有個人來管理她。」

「嗯，這也是當然的吧。」

犯下那樣的大錯，不找個人來管理她實在太讓人不安了。更重要的是，她太容易上當了。不要給她整筆薪水，發零用錢給她會比較好吧？看見想要的東西也別借錢，讓她把零用錢存下來買。奇怪？她的年紀好像……

剛才表情凝重的毬乃小姐面露微笑，把手擺到我的肩膀上。

「既然這樣，小幸，討債和管理就交給你嘍。」

「這也是當然…………」

這也是當然的吧。管理者最佳人選當然是與老師距離不遠的學園生，而且在遊戲中屢次受她照顧的正牌紳士，也就是我……咦？

「……咦？」

「嗯♪我就知道你會這樣說，已經把名義都先改好了。」

「等一下等一下，請等一下。」

思考追不上現實。咦？要我來管理那個？我是學園的學生，而那個則是學園的老師喔。

「別擔心，公寓已經轉到小幸名下了♪當然我是說整棟建築物。」

「是喔～～這樣就沒問題了吧！——我當然不會這樣說啊～～！」

一間房間就算了，整棟高級公寓的價值應該不只數億吧！前世的我花上一輩子也賺不到！算了，這部分就先不提。

「別擔心，就魔法師而言她很有用。我不打算開除她，也會正常付她薪資。」

「不是啦！我擔心的不是欠債，而是倫理上很讓人擔心！」

「那方面也沒問題喔。我已經說服她同意對你絕對服從了，而且也讓她開口說出『我已經有所覺悟了』。」

「哦，這樣就能放心……不對吧！這樣不是更危險嗎！」

讓她開口？應該是逼她不得不同意吧？不是靠金錢的力量逼她就範嗎！

「哎，玩笑話就先放一旁，討債和管理都交給你了喔。」

「我希望妳說這部分是開玩笑的。」

最重要的部分似乎是真的。我深深躺向沙發，大嘆一口氣，啜飲咖啡。因為剛才大吼大叫，喉嚨感覺很乾。

「對了，星期六要和大家一起挑戰初學者迷宮吧？」

「預定是這樣沒錯。」

因為琉迪一臉認真地問我：「為什麼能短期間變得那麼強？」我就老實回答：「在初學者迷宮修行啊。」順便約琉迪：「妳要不要一起來？」她便愣愣地點頭。順帶一提，最後連水守學姊和姊姊、克拉利絲小姐和奈奈美都決定一起去，讓我嚇了一大跳。不過，我本來就想帶大家一起去，該說省了一番功夫吧。

「關於這個，有事想拜託你。」

「拜託？」

「你知道初學者迷宮裡的某些祕密對吧？我希望你暫時不要告訴相關人士以外的對象。」

我不由得皺起眉頭。為什麼她會要求我不要說出去？而且還不是命令，而是請求的口吻。

「……毬乃小姐已經知道有第十一層了？」

「不，我不知道。我是現在才知道有第十一層，原來那裡不只十層啊。」

見毬乃小姐表情認真地這麼說，我不知該做何反應。

「我已經跟琉迪她們說了耶……」

「她們沒關係，我也信賴她們。」

毬乃小姐真的不知道第十一層的存在嗎？我不曉得。搞不懂的時候就該換個角度看。那麼就算她事先知情，有必要在這個當下對我隱瞞嗎？有什麼好處嗎？

我個人覺得應該沒有。

「……我沒打算大肆張揚，但只要有人問我，我一向不會隱瞞。」

「用不著想這麼多，其實說出去也無所謂，不會造成什麼問題。只是為防萬一，想事先確認而已。」

「……可以告訴我詳細的理由嗎？」

我這麼一問，毬乃小姐便面露為難的微笑。

「不好意思，我現在還不能說。不過總有一天我會告訴你和初實，希望你能等到那時候。」

……我搞不懂。為什麼執掌學園的毬乃小姐現在還不能說？她必須先向其他方面確認嗎？這樣想的話，應該是花邑宗家？不對，對姊姊大略解釋應該也無所謂吧？

「我想告訴可以信賴的人……確認會很花時間嗎？」

可以的話，我也想告訴伊織他們這座迷宮的益處。在初學者迷宮取得技能很方便。

「……嗯～～只要經過確認，我就能立刻放行。目前可以請你先等等嗎？」

既然她說要確認，就表示必須先問過其他人吧。不，這也許是安全上的問題。未知樓層的安全性——而且是初學者會進入的迷宮，貿然讓學生進去確實有危險性。不過我單打也能過關的地方，她會覺得有危險嗎？雖然有這種可能性，然而事實真是如此？

到最後還是搞不懂，不過我願意接受毬乃小姐的請求。

「我明白了。除了花邑家和學姊，取得許可之前我不會說出去。」

「謝謝你。在你們挑戰迷宮的星期六前，我會取得確認。在那之前，這是只限花邑家相關人士的祕密喔。」

——雪音視角——

過去在我心目中超乎常識的代名詞就是姊姊與莫妮卡學生會長，但現在瀧音甚至讓莫妮卡學生會長都為之遜色。他到底要讓我吃驚幾次才會滿意？

「前進看到十字路口的話，接下來是北西西南南南東南東北。如果是丁字路又不一樣。對了，我會整理在試算表上，請各位之後自行確認。」

簡直無法理解。為了蒐集這些資訊，他究竟付出了多少勞力？照理說應該會保密，或是要求莫大的報酬才能換取，他卻毫不吝惜地向我們公開。

要得知這些情報，可以想見花了相當大的功夫。光是整理出迷宮地形種類並清查內部構造，就得花上相當多時間吧。而且他還在調查攻略時間的影響。

他不惜降低自己在學園的評價，反覆挑戰這座初學者迷宮，最後毫不猶豫地向我們公開好不容易才取得的祕密。

慷慨至此反而讓我不安。我出自好奇，問了為何會這麼乾脆就公開祕密。

「沒有啦～～因為學姊妳們值得信賴，我才告訴妳們啊。」

瀧音無所謂地笑了笑，說得雲淡風輕。

毬乃女士要求我們：「希望妳們不要把初學者迷宮的祕密傳出去。」但是這些貴重情報想必是瀧音歷經千辛萬苦才取得，到底有誰會隨便外傳？這可說是瀧音努力的結晶，我領受這份莫大的恩惠，怎麼可能說出口。

琉迪和克拉利絲小姐的心情肯定與我相同。至於初實老師……我是不太懂，不過她那樣關心瀧音，肯定不會做出不利於他的事情吧。如果瀧音自己要公布，那又另當別論就是了。

攻破了初學者迷宮第十一層後，大家各自得到不同的技能而欣喜，瀧音看到那場面時，就好像莫大的幸福降臨在自己身上，看起來萬分喜悅。

儘管他與我跟克拉利絲小姐交手而敗北，那樣的反應也不曾改變。他確實不甘心，但為我和克拉利絲小姐的成長感到開心的反應更加強烈。

這時瀧音一臉認真地談論自己的敗因，琉迪則看著他和他剛才的交戰對手克拉利絲小姐。我用眼角餘光打量琉迪的表情，不禁輕嘆。

近來琉迪有時會面露憂愁神色。

我目前精神上還算輕鬆，在近身戰鬥這方面能教導瀧音，但琉迪辦不到。而且她自身現在成為其他人批評瀧音的最大原因，她會百般厭惡LLL的存在也是人之常情吧。

此外他們LLL的說法之一是「瀧音沒注意到自己打擾到琉迪薇努大人，只是享受著她的善意並持續帶來麻煩」，不過他們似乎沒發現這句話完全是他們自己的寫照，就第三者的觀點也許相當滑稽。

然而對當事人琉迪與瀧音來說，那恐怕一點也不好笑，肯定難以忍受吧。照理應該是這樣——

瀧音與克拉利絲小姐再度開始交手，在旁觀戰的琉迪表情透出幾分疲倦。這時奈奈美將飲料遞給她。

「最大的被害者瀧音毫不介意，只有琉迪單方面感到歉疚……」

她就由我來關切吧。而且奈奈美似乎也理解琉迪的感受，陪在她身旁。此外——

「不用擔心，有我看著。」

不出所料，些微的存在感來自初實老師。她來到我身旁，注視著瀧音他們，眼角似乎流露一點點笑意。

「拜託老師了。」

我苦笑著說道，老師便轉頭看向我，不帶感情的眼眸直盯著我。

「幸助對妳的評價非常高，甚至說過超越妳可能會是他的最終目標。」

真是不可思議。為什麼他對我的評價會這麼高？

我曾經問他如果他的目的是成為世界最強，最大的阻礙會是誰。

『成為世界最強的阻礙？嗯，同年齡的話就是琉迪啊。不過最大的阻礙應該是莫妮卡・梅爾傑迪斯・馮・梅比烏斯學生會長和水守學姊吧。考慮到學生之外的話，還有個超乎常理的最終兵器等級的傢伙……對了，同班同學中也有人預定成為怪物。』

會指名莫妮卡學生會長十分自然。她是異次元的存在，有朝 日肯定會成為與花邑毬乃並駕齊驅的魔法師吧。

但瀧音為何要把我和她放在相同的類別？為何像姊姊一樣，對我抱持過剩的評價？

儘管我說過自己格局有限，瀧音卻從來不認同。他的態度已經近乎崇拜，與他爭論到最後，姊姊的臉龐突然浮現腦海。自從出生直到現在，對我評價那麼高的人也就只有姊姊了。

確實其他人也常說我有才華，但是沒有人斷定我能登上最強的巔峰。唯獨姊姊和瀧音例外。

「幸助超乎常人理解，但是他的意見帶有不可思議的說服力。可能只會被當成意氣用事或胡說八道的意見，自他嘴裡說出就能讓人信服。」

確實有種不可思議的說服力。若非經過年歲累積就無法侃侃而談的經驗法則，我也曾從他的口中聽過。那是受到他的身世和艱苦經歷的影響嗎？

他的話有時聽起來莫名其妙，但剛好就會直指事實，就像這次的迷宮。

他的話語帶有說服力，有一部分也是因為他過去的行動成為佐證吧。他的所作所為就結果來說都是正確選擇。

反過來說，與他毫無交情的第三者自然有可能將之視為口說無憑。

「幸助曾說過超越妳也許是最終目標。目標放在世界最強的他這麼說。」

老師重複剛才說過的話語。

「所以我十分關注水守雪音妳。」

在那雙不帶感情的眼眸直視下，我不由得挪開視線。

姊姊的話語不經意浮現心頭。

『雪音能成為第一名。』

這句話有如咒語，激勵我的同時也像是束縛。

「……我不知道能否回應老師的期待，但我會精益求精。」

瀧音說他明天要和奈奈美挑戰其他迷宮，想必他在那裡會有飛躍性的成長吧。

這次挑戰的迷宮是罕見地能在地圖上發現位置的迷宮。但是該處標示的並非迷宮，而是遺跡。乍看也沒什麼特別，而且必須穿越私有地的樹林，也沒有人會造訪吧。

之所以沒有標示迷宮，我大概能猜到。因為進入迷宮的條件太殘酷了。

「看來就是這裡了。」

奈奈美收起地圖，如此說道。

「這裡啊……」

看起來只是個普通的洞窟。

探頭往裡面定睛一看，因為沒有照明，無法看見洞窟深處。

「在這種地方真的有迷宮嗎？恕我直言，您真的在資料上看過？地圖上連迷宮的迷字都沒有寫啊……」

奈奈美對我投以百般狐疑的眼神。

「我就說我真的讀過了嘛。有文獻說明這裡其實是迷宮。」

嘴上雖然這麼說，但我當然沒讀過。那只是我隨口編造的謊言，被她懷疑也很正常。但文獻本身應該存在，在某間舊書店用數顆魔石交換就能取得。不過因為遊戲裡只有對話事件，我也不曉得那間舊書店開在何處。

也許伊織已經拿到文獻了——我之前這麼想而傳訊息問他，但很遺憾，他似乎還沒發現舊書店。那間舊書店會販賣其他更新檔追加的迷宮的線索，我也希望他能找到，然後給我看。不幸中的大幸是就算沒有資料，我還是可以將地圖和記憶對照，用地毯式搜索找出迷宮位置，不算毫無頭緒。

我增強注入披肩的魔力後，走進洞窟。

洞窟的寬度大概足以讓四個人並肩而行。我和奈奈美使用光明魔法，不斷向深處前進。大概前進了八十公尺左右，眼前出現了寬敞的空間。

「那是什麼？」

奈奈美指著空間中的三尊雕像，那是手持劍與杖的女性雕像。三尊女性雕像圍成一個三角形，在中心處同樣有三座T字型台座。此外三尊女性雕像都是用右手高舉著劍，左手的杖則抵在胸前。

我立刻筆直走向台座，但奈奈美似乎對雕像特別好奇，繞著雕像仔細打量。

每個台座上都有一個倒三角形的凹槽，可以想像必須在那裡獻上某物。另外，台座周遭還寫著莫名其妙的文字，不過以奈奈美為首的數名女角能夠解讀，而且上頭寫的內容我已經知道了。

奈奈美看過雕像後來到我身旁，為我解讀寫在台座周遭的古代語。

「上頭寫著『汝應獻上三份女武神用以守護身軀的最後護盾』？」

奈奈美轉過頭看向石像。

「最後護盾……是指什麼？而且還要三份……獻上三面女性用過的盾牌就行了？」

我也明白想要這樣解讀的心情。應該說，將這裡定義為單純的遺跡的人，肯定也產生了和奈奈美同樣的誤會吧。

如果是在一般的遊戲中，聽到「汝應獻上三份女武神用以守護身軀的最後護盾」，應該會想像女神打造的盾牌或是英雄使用過的傳說之盾。在現實中更是如此。

然而魔探是一款成人遊戲，不會這樣解讀。

「呃～～這個嘛，雖然難以啟齒……根據我讀過的資料……守護身軀的護盾指的似乎是衣物……所以最後這個字眼指的就是……」

「……」

奈奈美似乎搞懂了，板起臉並將視線轉向我。她會顯得有些反感也是人之常情吧。不過，我也只能說出口。

「就是說……女性的……那個，一般脫到最後會剩下的那件衣物，要獻給那個台座……呃，這不是我想的喔，絕不是我自己想的，資料上就是這樣寫的。獻上三件……用過的內褲……才能繼續前進。」

空氣凍結了。

奈奈美面無表情。正因為面無表情，她的憤怒與無奈顯露無遺，讓我差點失禁。而且她一次也不曾眨眼，直盯著我。

我明白。我知道她那道視線猛瞪的對象不是我，應該是對著迷宮吧？但是一想到設計者是我的同類，頓時有股罪惡感自全身湧現。

「不是妳想的那樣！聽我說！」

不，其實一點也沒錯。視狀況而定，我還想主動拜託她。雖然根本不是我的錯，但不知為何罪惡感油然而生。在這股感情驅使下，我不禁當場跪地，懇求奈奈美諒解。

因為事先就能預料不管和誰一起造訪都會演變成這般情境，我實在不願意在現實中攻略這迷宮啊！

在遊戲裡我得知這個迷宮的進入條件時，設定的罪孽深重與深奧與實用性，讓我不禁拍案叫絕。

一旦被要求獻上內褲，女角通常都會拒絕。哎，成人遊戲的女角很難說就是了，有時甚至根本沒穿。不過，一般還是會拒絕。然而這個設定就成了「既然是為了進入迷宮，這也無可奈何」的最佳藉口，可以讓任何女角脫下並奉獻自己的內褲，堪稱終極設定。我立刻就帶著心愛的角色們衝向了這座迷宮。這是不可少的吧。

來到這個地點，當我看到螢幕上出現「要獻上誰的內褲？」與隊伍中的女角們的名字當作選項時，握著滑鼠的手會開始顫抖也是人之常情吧。

有些女角被選上會投以冰冷的視線，憤恨地咒罵「笨蛋、變態」等字眼，隨後不停叨唸著「萬一什麼事都沒發生，就要你好看」之類的話，又羞又怒地獻上剛脫下的內褲，於是入口為之敞開。門真的就這樣開了。

當時為了看過所有角色的對話，我究竟讀檔了幾次啊……！

而且，視當時隊伍中的角色組合，有時還會插入特別的對話。我為此和編輯攻略wiki的諸位紳士一起試過了所有組合，那時真的好開心啊。

令人震驚的是，就連更新檔中追加的女角們在這個場面同樣會脫下內褲，而且根據隊伍角色的組合也有許多不同的對話。

真是天才。

簡～～～直是天災。

構思這個設計的人肯定是笨蛋吧。人要怎麼對女性說出「請給我穿過的內褲」？白痴，當然說不出口啊！這是唯獨在成人遊戲才能接受的愚蠢設定，在現實中只會是狗屁不通的混帳設定。想到這個設定的傢伙肯定腦袋充斥著色情妄想。真要獻上道具，明明可以設計成劍或寶珠之類嘛。最有病的就是指定穿過的內褲，而不是全新的。變態度更上一層樓了。全新的內褲只要到福利社或便利商店就能買到，用那個難道不行嗎？

「……所以說，那個，一切都是這座迷宮不好。」

我姑且列舉各種藉口，但還是臣服於壓力而維持跪姿。

奈奈美輕嘆一口氣，握起我的手要我站起身。

「非常抱歉。我很明白不是主人的錯，只是一時難以按捺情緒。」

聽見這句話，我終於抬起頭。奈奈美對我露出天使般溫柔的笑容。不，她本來就是天使。

「要我獻上自己的是無所謂……但是——」

「但是？」

「主人……您獻上自己的內褲……不也是一個方法嗎？」

咦？

「主人您的容貌不算太陽剛，只要把眼耳口鼻與輪廓全部交換再換個髮型，看起來也像個可愛男生。」

「那根本是別人了吧？把眼耳口鼻與輪廓全都交換了，屬於我的要素就幾乎不剩了吧？」

「請儘管放心。不只是主人的，我的也同樣會獻上。要獻給主人之外的對象有股渾身寒毛直豎般的不快感，讓我產生想破壞全世界的衝動，但我只會發洩七成，剩下三成忍耐。」

「要獻給我就沒關係嗎……萬一發洩七成，世界好像會陷入大麻煩。」

「好了，我們快脫吧。」

「等等，可是喔，說明中提到女武神……其實，有這個條件……」

「您試過了嗎？」

「沒試過……」

「那就請您面朝向那邊開始脫吧？我也會脫的。掀起裙襬的時候我會出聲，聽見了請立刻轉頭看我喔。」

「花痴喔？」

我絕對不看，絕對。

「呀。」

轉過頭才過幾秒鐘而已。我絕對不會看的。

唉，我大嘆一口氣。事情為什麼會變成這樣？

不幸中的大幸是，她至少不像姊姊或毬乃小姐那樣盯著我吧。有種好像缺少什麼似的莫名心情，同時我立刻脫下平口褲，直接把長褲穿回來。之後我對奈奈美說了一聲，在其中一個台座放上我的平口褲。

奈奈美見狀，在不同的台座擺上內褲。是白色的。

我們放好之後立刻就起了反應。

只見其中一尊石像放射刺眼的光芒，那道光束自劍尖照向台座與內褲。

「不、不會吧……」

擺在光輝燦爛的台座上的兩件內褲緩緩地飄向半空中，漸漸開始發光。

如果那不是內褲，這情景大概美得有如幻想世界。

奈奈美的內褲光芒越來越強烈，越來越刺眼，最後光芒黯淡消失。

而我的平口褲同樣燦爛發光，光芒越來越強烈，最後……起火燃燒了。

「咦咦咦咦咦咦咦咦咦咦咦！」

它緩緩飄向地面，然而火並未熄滅。

我正不知所措時，水球從一旁飛來。應該是奈奈美為我施展了水魔法。水球擊中我燃燒的內褲，儘管火焰熄滅，褲檔處已經燒穿了一個大洞。

看來已不堪使用。

「……」

沒穿內褲的奈奈美啞口無言。她大概也很吃驚吧。

「奈奈美，沒事吧？」

「我的內褲回到台座上了，而且我平常都隨身攜帶一套換穿衣物，沒問題……主、主人還好嗎？」

她神色不安地看向我。然而也許是因為目睹內褲起火，又或者是雖然沒穿內褲卻有種清新爽朗的心情，不知為何我的心風平浪靜。

「別擔心，我沒事。話說，是為什麼呢？在這個當下不管別人對我做什麼，我好像都能笑著原諒。」

「精神打擊太大了，整個人都變成菩薩了呢……」

這些都先放一旁……

「我想找人來幫忙的事就很接近剛才的現象。對了，要請願意一起來迷宮探險的人先準備替換用的內褲才行。」

雖然失去了內褲，但也上了一課。到時候要記得請願意來的人帶替換用的內褲。就這樣決定了。

「那個，主、主人您有帶替換用衣物嗎……？」

「不，我什麼也沒想，根本沒準備。不過也許有東西能當替代品……有嗎？」

我翻找自己的行囊。於是，我從袋子的深處拉出一條黑色細繩般的…………細繩？

「這什麼啊？」

細繩的中央部位連接著一片薄布。這一定就是那個。為了守護人最重要的部位而存在的神聖布料，也就是內褲。感覺非常眼熟，香豔的黑色內褲。在克拉利絲小姐她們忙著搬家時，陰錯陽差取得的內褲。

「不、不對。妳、妳不要誤會！這不是我的！」

「…………請問原本屬於哪一位？」

「是、是克拉利絲小姐。真的不是我的。」

「……為什麼克拉利絲小姐的內褲會在您手上？」

「啊啊啊啊啊啊！」

我絕對不是意圖竊盜才偷走。

所謂的內褲確實是不輸給世間任何寶石的至高寶物，而且還是美少女妖精的貼身衣物，不惜耗費大筆金錢也想取得的欲求也是人之常情吧？

然而吾等紳士並非想成為罪犯，反倒是萬分厭惡犯罪之徒。

成人遊戲和現實是兩碼子事。正因如此，我秉持這般主義——蘿莉只能遠看，不可褻玩，唯獨成人遊戲的蘿莉（已滿十八歲）例外。

不過萬一真的說出上述這些話，肯定會被當成大變態，當然我也不會說出口，只用找不到機會還她為由搪塞到底。

但是，我不知道奈奈美做何感想。

之後在我的強烈央求下，奈奈美也同意立刻打道回府。每跨出一步都讓我感覺到胯下異於平常，好不容易終於回到家。一到家我立刻穿上內褲，開始苦思該找誰一起進入迷宮。

就我個人而言，想找的成員是琉迪、克拉利絲小姐、水守學姊。她們平常就頻繁與我比試，我們很明白彼此的習慣，想必能夠合作無間。

但是這座迷宮最大的問題就在於，腦中裝滿變態想像的笨蛋所構思的設定。

該怎麼解決內褲問題？這恐怕是我有生以來第一次如此煩惱。我的熟人之中有誰會說「真拿你沒辦法」就願意獻出自己的內褲？

考慮到這一點，確定的人選就是已經實際體驗過的奈奈美。而且，奈奈美就持有技能這一點也是我心目中的必須人選，當然會請她一起來。問題在於其他成員。

琉迪和學姊願意獻出內褲嗎？只考慮取得內褲的話，有位只要下令應該就會交出內褲的負債（路易賈）老師，拜託她也是一個方法。

然而，要是我真的對路易賈老師說「請給我一件穿過的內褲」，那就好像債主強逼她就範，簡直是成人遊戲的劇情。雖然這就是成人遊戲的世界啦。

如果在遊戲中出現選項，我當然會試試看吧。但是在現實，那樣未免太可憐了。萬一最後真的走投無路，到時候再低頭懇求她當作最後的保險吧。

回想起來，有時候成人雜誌會附內褲當贈品，用那個難道不行嗎？某本成人遊戲雜誌曾經附贈有香味的內褲。

不過，用了也只會起火燃燒吧。

「欸，奈奈美，妳覺得該怎麼辦？下跪哀求嗎？」

「……先確定各位的行程，對有空的人下跪懇求才是正道吧？」

「果然應該這麼做啊……」

看來下跪已經避無可避。

我立刻取出綜合資訊終端機（月詠旅行家），向其中幾個人送出訊息。

最後到場的有水守學姊、琉迪、奈奈美以及姊姊。克拉利絲小姐、毬乃小姐、路易賈老師似乎工作忙碌而抽不出身。話說，毬乃小姐和路易賈老師都說有工作在身無法參加，姊姊會出現在這裡讓我十分費解……真的沒問題吧？

與願意同行的成員們來到那個女武神像環繞的祭壇前方，我二話不說就跪倒在地，額頭貼著地面，央求大家獻出內褲。奈奈美一副自己也要跟著下跪的態度，但我鄭重拒絕了。

其實我原本想在傳出訊息時就說清楚，但我辦不到。實在說不出口。

抵達這裡才做好覺悟表明真相。另外，我也對會發生「既然都來到這裡了，雖然難以置信，就姑且交出內褲試試看」這種事懷著一絲樂觀的期待。

我的央求有如懺悔又像是藉口。就在氣氛來到最高潮，我幾乎就要說出「要我做什麼都可以，請把現在穿的內褲給我」的瞬間，一隻手突然放到我的肩膀上。

「快抬起臉來，瀧音。」

是學姊溫柔的說話聲。琉迪的表情顯得五味雜陳，而姊姊正擺著一如往常的表情看著我，突然搖搖晃晃地走向女武神像。至於奈奈美，我不知道她在想些什麼，但她站在我身旁。

學姊牽著我的手，拉著我站起身。

儘管臉頰泛著一抹紅暈，還是對我露出不介意的笑容。

「我和你的交情也許不長，但我知道你不是會為這種事撒謊的人……所以……」

學姊大概還是覺得害臊，澄澈的眼眸平常總會直視我，現在卻不願與我四目相接，視線忽左忽右地游移不定，想必心裡非常慌張吧。

「學、學姊……」

學姊有話想說般微微啟唇，但最後什麼也沒說，只是垂下那張紅到耳根子的臉龐，用小梳子整理一點也不亂的頭髮。最後她終於下定決心開口，聲音卻孱弱得與平常的她判若兩人。

「所以，那個……雖然很羞人，如果你不嫌棄……就拿去用吧。」

說完，學姊拋下一句「不要看我」，為了隱藏那張紅通通的臉而轉身背對我。不過因為耳朵都紅了，其實藏也藏不住。

那麼，時機可謂已然成熟。在這個當下，我宣告ＹＹＹ正式成立。ＹＹＹ的讀法就設定為「雪音太雪音(YUKINE YABAI YUKINE)」吧。因為學姊幾乎等同於神，意思就是雪音太神了，唸起來也好聽。唸成ＹＥＳＹＥＳ雪音（YUKINE）也不錯吧，這樣未來要拓展海外很方便。

「幸助！」

我思考著該如何推廣至全世界時，琉迪同樣下定決心般望向我。

「我也不覺得你會在這種時候開莫名其妙的玩笑。所以說，雖然很難為情……」

琉迪話鋒一轉：

「況且，我平常總是讓你幫忙。我也想幫上你的忙，助你一臂之力。未來如果有需要，都可以來找我商量，就像這次。」

語畢，琉迪挪開視線不再看我。

「嗯，可是這真的有點難為情……不過只要是為了你，只不過是我的內褲罷了……要幾件都可以給你。」

琉迪說完，有點後悔似的垂下臉，隨後也轉身背對我。

我真的很高興。坦白說，我原本以為會被琉迪臭罵一頓。因為她和我雖然交情不差，但如果聽了「把穿過的內褲交出來」這種要求，直接把絕交信甩在我臉上，我也無法抱怨。

「……謝謝妳，琉迪。」

琉迪依舊背對著我，小聲地回答：「嗯。」

「幸助。」

這次是姊姊。她二話不說就把東西遞給我，我納悶地攤開那片布料。

那是以粉紅為底，妝點著黑蕾絲的布，用途是保護重要部位。而且屁股的部分薄得我幾乎能看見自己的手掌，穿在身上想必什麼也遮不住吧。

總之就是一件粉紅加黑色的煽情內褲。

……咦？

我也知道自己動搖了。冷靜下來，先深呼吸。這一定是她為了換穿才帶來的內褲，只是為了確認才交給我吧。畢竟先找專家確認這樣行不行得通也很重要嘛。

嗯？稍等一下喔。就算要表明自己帶了換穿用的內褲，也沒必要特地交給我吧？話說，有必要秀給我看嗎？奇怪？

該不會她已經換好了？等等，應該沒有這種空檔吧？不過這條內褲摸起來似乎有一點溫溫的，也許只是我的錯覺？呃……

「姊、姊姊，這、這應該是那個吧？妳帶來要換的內褲……」

「下半身感覺涼涼的。真新鮮。」

「是新鮮的沒錯！快把替換用的穿起來！」

言歸正傳，我把內褲還給姊姊，表現出紳士風範離開現場，來到了洞窟前方，一切都順利。但是——

老實說，我真的很想看她們脫的現場。

可以的話，我當然想看。但是這三人……更正，也許只有兩人，雖然深感羞恥卻還是願意提供內褲，這對害臊的她們實在過意不去。所以我絕對不能看。

那麼我該怎麼做？

當然就是靠想像力。我過去玩過上百款成人遊戲，這種小事肯定輕而易舉……

「主人。」

就在我聚精會神，學姊與琉迪把手放到自己的衣服上時，背後傳來說話聲。我聽見便回頭一看，發現奈奈美站在我背後。

不知為何，她一臉歉疚地對我低下頭。

「真的非常對不起，照理說應該由我提供內褲才對。這明明是我向主人表明我才是頭號忠臣的大好機會，我卻敗陣了……！」

又沒必要特地道歉。話說，為什麼妳反而在生氣啊？

「哎，這些事就先放一邊。我啊，現在非常不甘心。」

「有什麼好不甘心的……」

「只要主人先男扮女裝再獻上內褲，也許就會奇蹟性地發生誤判，要放棄希望還太早♪這個計畫就此破滅，讓我心有不甘。」

「我告訴妳，妳原本想做的就是把我逼入絕境喔。不要設法讓我扮女裝可以嗎？」誰要扮女裝啊。這種橋段交給成人遊戲的男主角負責就好了。話說，妳為什麼興致這麼高昂？

「啊～～計畫中最後要把主人的臉壓在我的胸前，摸摸主人的頭再安慰主人。真可惜。」

聽起來真是太有吸引力了。如果我現在假裝深受打擊，她會不會這樣對我？等等，那個大前提是女裝失敗啊。

「所以，這就交給您……」

語畢，她對我伸出手。那隻手中拿著一塊淡藍色與白色條紋的布。

在這種情境下，奈奈美不可能把手帕遞給我。況且這塊布上頭還附加了手帕應該不會有的可愛蝴蝶結。既然如此，我立刻就理解這是什麼了。

「不、不了，已經用不到了。」

儘管我這麼說，奈奈美還是猛然朝我跨出一步，把那個塞進我的胸前口袋。她表情洋洋得意，輕輕拍打裝著內褲而鼓脹的口袋，隨後俐落地向後退開。

我連忙想把條紋內褲還給奈奈美，但奈奈美不願收下。

「不用。我只是無論如何都想展現對主人的誠意，如此而已。」

「我、我明白了，我確實理解了。所、所以這個就不用了。話說，我收下這個要幹嘛啊！」

我這麼說完，奈奈美靠近到幾乎能觸及我的距離，在我耳畔細語：

「克拉利絲小姐的，您還帶在身上吧？」

我不由得嚥下唾液。

為什麼她會曉得？

明知道得找個藉口，腦海卻一片空白……我努力思考該怎麼回答才好，然而奈奈美在我之前先開口了。

「您很想要吧？我這件品質特別好，戴在頭上能提升防禦力。」

「我對內褲要求的又不是防禦力，況且根本沒有戴在頭上這種想法，至少要正常穿在身上。等等，那情景也很討厭啊。」

「那您就當作護身符，把我的也一起隨身攜帶吧。只有我一個人沒給，感覺也不太愉快。況且……總覺得有種輸了的心情。」

這根本就沒什麼輸贏吧……

說完，奈奈美心滿意足地與我拉開距離，逕自走進洞窟。

我小心翼翼地將內褲收進行囊，連忙追上她的腳步。

準備好像幾乎完成了，她們三人正好要來叫我們過來。我來到女武神像附近，同時注意盡量不把視線轉向遮掩著內褲的學姊她們，隨後大家也開始移動。

準備獻出內褲的三人各自站在台座前方，準備好自己的內褲。

大概是折疊整齊後拿在手中，學姊和琉迪用雙手遮蓋內褲，臉頰依舊微微泛紅，眼角餘光不時飄向我這邊。

而姊姊挺直了背脊，用雙手撐開內褲拿著，反應顯然與眾不同。她過度大方的態度看起來簡直像是拿著獎狀。但是，妳為什麼能這麼大方啊？

「好，開始。」

姊姊這句話一出，三人將自己的內褲放到台座上。

就像我放上平口褲的時候，石像立刻有了反應。

三尊石像頓時放射刺眼的光，劍尖各射出一道光芒，照向各台座上的內褲。

照射結束後，閃耀發光的內褲自台座輕盈地飄向半空中。原本摺疊整齊的學姊的內褲在光芒中緩緩攤開。對不想讓自己的內褲被人看見的學姊而言，形同公開處決。

那是一件藍色內褲，圖樣有如散落著冰晶。和雪音學姊的名字十分相配，設計充滿美感。光是想像她穿著的模樣，就讓我幾乎要打滾掙扎。

琉迪的純白內褲也和學姊的內褲同樣展開。雖然純白帶來脫俗的印象，但是現在飄浮在空中的內褲出乎意料地遊走在尺度邊緣，脫俗卻暗藏危險。大膽的設計讓我不禁心跳加速。

至於剛才已經烙印於記憶中的姊姊的內褲沒有在空中展開，因為她放在台座上的時候已經攤開了。

這時我突然注意到視線。

學姊和琉迪正以表情對我懇求，要我別看。

……我覺得都快吐血了。

彷彿要驅動大概一百年沒上油的機器，我用雙手硬是轉動自己的臉，遠離那幅幸福的曼妙光景。我在心中哭泣的同時，將剛才目睹的兩顆寶石仔細記錄在記憶深處。

大概過了一分鐘，奈奈美發出許可，告訴我可以抬起臉了。

我睜開眼睛後，眼前的情境已經與剛才截然不同。學姊、琉迪和奈奈美表情認真，而姊姊一如往常。

魔法陣出現在三個祭壇的中心處。

我深呼吸之後將魔力注入披肩，空揮兩三次。學姊手握薙刀，琉迪與姊姊則手持魔杖，奈奈美取出弓與短劍，每個人都開始各自的戰鬥準備。

我也從收納袋中取出刀，確認所有人都做好準備後，步入剛才出現的魔法陣。

一聽見迷宮這個字眼，有不少人的腦海會立刻冒出「陷阱」這個印象。

包含我在內，玩過Roguelike型遊戲的玩家應該都切身明白這個意義吧？

陷阱就是玩家們的切身之痛。

腳下有地雷爆炸、封印某些技能的陷阱，或是地板張開讓人掉進怪物巢穴。

這是我個人的印象，遊戲中突如其來的死亡大多出自陷阱。之前明明還輕鬆寫意，一旦誤中陷阱就會立刻陷入危機，甚至就這樣死亡。這些陷阱我討厭到不行。真的超討厭的。

直到我高中畢業。

然而在成人遊戲界或美少女遊戲，最近連動漫也不例外，這些陷阱某種角度上成為玩家的福利。成人遊戲、美少女遊戲的陷阱好在哪裡？那就是被莫名其妙的液體或觸手纏住，讓角色們被迫擺出非常煽情的姿勢，或是陷阱坑裡擠滿了只會消化衣物的魔物等等，諸如此類超出常人思考領域的陷阱。

魔探也不例外。就如同其他成人遊戲，一旦中了某些陷阱，場面就會以一張圖畫（CG）呈現，想必玩家會暫停攻略迷宮，兩眼直盯著那情景，將之烙印於大腦吧。

但很遺憾，這裡是現實，當然不能那麼做。哎，雖然上次為了救援琉迪時，陷阱就各方面來說都派上用場了。

言歸正傳，歷經一波三折終於得以進入的「暗影遺跡」就是藏有陷阱的迷宮。不過這迷宮同樣未安裝店家贈品的更新檔就無法攻略，也不是打造最強角色的必經之處，因此也有許多紳士選擇跳過吧。

但是，雖然不算必經之處，就起始狀態（未繼承先前檔案的新遊戲）而言，沉眠於此的數項道具能讓將來的迷宮攻略輕鬆許多。特別是其中一項我非取得不可，所以不惜被當作變態也要前來這個迷宮。正因如此——

「非拿到不可……」

我用第三隻手毆打「木乃伊」的同時，細微吐氣。木乃伊被砸向地面後，身體變得越來越稀薄，轉變為魔素與魔石。

那麼，若要描述木乃伊是何種魔物，就是先把人體像魷魚乾那樣乾燥後，再用白色繃帶綁住全身上下。在現實世界應該會埋在埃及的金字塔裡，不過在奇幻系遊戲中算是很常見的怪物。

目睹那身影，我首先湧現的感想單純就是「噁心」。木乃伊泛黑的臉感覺不到絲毫生氣，光是出現在眼前都讓人精神受到打擊。

同時，我一想到今後必須和迷宮中的喪屍類怪物戰鬥，就覺得心情差透了。

因為木乃伊已經乾燥脫水，味道不至於讓人難受，不過喪屍想必全身腐爛，甚至連遊戲中的角色都會提起「味道很難聞」當作話題。老實說，我一點也不想交手。但是，在我必須突破的迷宮中就有喪屍出沒，戰鬥恐怕是避無可避吧。

此外，現在的對手是人類型木乃伊，然而在這迷宮的深處或將來預定攻略的迷宮，還有動物型木乃伊會現身，山羊木乃伊、羚羊木乃伊、獅子木乃伊等等。在這迷宮不會出現強悍的魔物，用不著太過提防就是了。

我這麼想著拾起魔石後，奈奈美來到我身旁。

「真是俐落的戰鬥，主人。」

「沒什麼，都是多虧奈奈美的支援。幸好有妳識破陷阱。」

實際上奈奈美以弓箭提供的支援非常有效，有時甚至在我逼近前就擊倒敵人。

「儘管實力不濟，能對主人有所幫助就太好了。不過我對識破陷阱沒有自信，建議您不要太過仰賴……」

奈奈美歉疚地說道。話雖如此，若拿遊戲中的奈奈美來對比，她的識破率只能說精準如神。

說起來，魔探的遊戲設計，識破陷阱的技能有等級之分，越高就越容易識破陷阱。

奈奈美識破陷阱的技能容易提升，不過初始值是0。比方說卡托麗娜是專業盜賊，原本就持有相關技能，當然一開始就有一定程度的識破等級，也有開啟上鎖寶箱的開鎖技能，此外也懂得破解陷阱寶箱的拆解技能。

我原本認定初始狀態的奈奈美識破率大概是八到九成，但是目前走過三層迷宮的發現率是十成，我推測女僕騎士的天型版本可能暗藏某些特殊能力。哎，不過也有可能她沒發現陷阱，只是我們運氣好沒踩中而已。

沒踩中陷阱是好事，卻也讓我非常遺憾。

因為不會觸發陷阱。

沒機會抱著「一時失誤沒找出陷阱也沒辦法嘛」這種心情看見擺出色色模樣的琉迪和學姊等人。

如果真的要踩中陷阱，我希望她們在本次挑戰的「暗影遺跡」這種有陷阱但不至於有性命危險的迷宮就是了。

不過，這恐怕已經不會發生了。現況是奈奈美已經找出好幾個陷阱，技能等級應該也提升了。這個迷宮只有稱得上為初學者設計的低等陷阱。

言歸正傳，看來另一邊的戰鬥也結束了。學姊與琉迪走向我們這邊。

「戰力似乎太多了啊。」

學姊苦笑著說道。

我也同意她的意見。若以月詠學園迷宮的強度來看，這個迷宮出現的魔物只有不到二十層的強度。算是店家贈品的更新檔中很常見，遊戲初期就能輕易攻破的低等級用迷宮。學姊想必已經攻破月詠學園迷宮五十層了，而姊姊是學園畢業生，也確實攻破了六十層，應該輕鬆得想打呵欠吧。

現在姊姊和學姊為了讓我們累積經驗，幾乎不會出手。雖然只有我、琉迪與奈奈美參戰，目前一次也沒有遭遇危機。

「又是岔路啊……」

琉迪走到我身邊，神色厭煩地說道。

眼前有兩條路。因為我們一路走來碰上好幾次死路，琉迪已經顯得有些疲憊。若要往下一層前進，稍微休息一下可能比較好。

「您決定要往哪邊走？」

奈奈美這麼問，但我沒有頭緒。每次進入這座迷宮，樓層構造都會改變，我也不清楚。

「哪邊都可以啊……就右邊吧。」

因為沒有人表現出「想往這邊走」的意見，我就隨便決定方向，開始前進。走了一小段路就發現，看來我猜中了，通往下層的樓梯就在那裡。

「嗯、啊！……呼～呼～……」

我停止輸送魔力後，琉迪吐出長長一口氣。隨後她渾身無力地靠著我，開始調勻呼吸。她的眼神迷濛，被汗水濡濕的髮絲沾黏在臉頰與額頭上，剛才那副模樣就各種角度來說都很危險。更正，不是剛才，是現在進行式。

我立刻放開握著的琉迪溫暖又有些汗濕的手，結果她就發出「啊」一聲輕呼。

奇怪？我的贈予魔法有哪裡不對勁嗎？根據克拉利絲小姐所說，感覺類似接受奇妙的按摩，但是我請克拉利絲小姐對我使用贈予魔法時不會有這種現象。若是在遊戲中還無所謂，在現實中這反應很讓人傷腦筋，特別是在戰鬥前。

感覺怎麼想也搞不懂原因，我決定暫且不管。還有其他疑問。

為什麼姊姊和奈奈美排成一列，對我投以若有所求的眼神？

因為奈奈美等天使都是憑著魔力行動，想要魔力我還能理解。我也曾對她贈予魔力作為測試，在戰鬥中應該也消耗了一定程度的魔力，贈予魔力給她一點也不成問題。

但是為什麼姊姊也在排隊？姊姊幾乎沒施展魔法吧？

請看看學姊。學姊正趁這個機會休息補充體力……奇怪？她似乎用愁思滿懷的表情注視著琉迪……是、是我的錯覺吧？

姊姊和奈奈美要求我約定「回家之後要用贈予魔法」後，我們繼續前進。

後來我們又往下數層，抵達了第六層。戰鬥與剛才有些許差別，學姊也開始參加戰鬥了。

根據她本人所說，一直觀戰讓她想活動筋骨，因此格外活躍地施展魔法。

學姊施展水球淋濕沙魔像後，我使勁毆打擊碎。當我愣愣地看著敵人化作魔素與魔石，背後傳來聲音對我問道：

「你為什麼要努力到這種地步？」

對我搭話的是學姊。我記得這件事以前就跟學姊解釋過了。

「因為我想成為世界最強啊……」

哎，真正的目的我不打算說就是了。

「會不會稍微努力過頭了？休息也是必要的喔。」

大概是因為我每天都進迷宮吧。聽她這麼一說，確實沒見過其他人像我這樣頻繁進出迷宮。不過，我覺得學姊的訓練量也無異於我，甚至在我之上。

「沒這回事，如果要成為世界最強，現在得好好打基礎才行。」

因為我的目標聖伊織無庸置疑是個作弊角色。

現在他主要專心於課業，同時也在挑戰其他我還沒去過的迷宮，而且說之後要挑戰其他迷宮。不過他似乎還沒取得更新檔會追加的迷宮的消息。

簡而言之，用遊戲來比喻的話，他的行動完全就是事先沒看過攻略的新玩家。

目前還是我比較強吧，這一點不會錯。然而伊織循著遊戲進度正常成長，漸漸取得身為主角一般應有的實力。

不過之後我可不會允許他就這麼正常成長。

伊織將會不斷習得強力的專屬技能，憑著作弊般的能力往上爬吧。為了屆時能與爆發性地變強的他並駕齊驅……不對，為了超前他一步，我現在必須盡可能做好準備。

幸好我身懷諸位紳士共同鑽研的「知識」這項武器。我是能力獨特，但絕對不弱的瀧音幸助。

另外，我必須超越的對象不只有伊織，還有三強這些怪物。

我凝視著學姊。

今天學姊穿著藏青色的武道服，將頭髮綁成一束，任憑髮尾在身後搖擺。學姊的後頸真是棒透了，甚至可以讓我配三碗飯。學姊無論何時看到都是那麼美，今天更是美麗絕倫。

「學姊不想變強嗎？」

「想是想啊……」

學姊沒多說什麼，但我大概明白她的意思。學姊目前對她的姊姊、對強者還懷有心結。

「那我們就一起變強吧。邀琉迪她們一起，早點一起突破月詠學園迷宮一百層。」

哎，其實有一百零一層就是了……但是這不重要。真正有點棘手的問題在於攻破學園迷宮之後必須挑戰的那座迷宮。不過，澈底攻破那座迷宮的工作，我可能會交給伊織解決就是了。

「呵呵，你在說什麼啊。月詠學園迷宮的最高抵達紀錄是八十七層喔。」

學姊笑著說道。沒錯，目前只到八十七層。

「我這番話其實還滿認真的耶……真的沒辦法一起探險？」

這時我試著設想學姊在這世界的立場。學姊是風紀會副隊長（副會長），從上面數來第二的位子，在劇情當中也是廣受景仰的人物，想必已經有自己的攻略隊伍了。

在遊戲中只要邀她，大多時候她都願意加入隊伍，但正常來說應該會以原有的隊伍為優先吧。我這種新人的優先度自然也會比較低。

我思考著被拒絕的可能性時，學姊突然呵呵輕笑。

「沒這回事，只要我有空就沒關係。」

啪——學姊拍打我的背，一說完便走向大家身旁。我追逐著在前方搖擺的馬尾、白皙後頸和輪廓曼妙的臀部，邁開步伐。

穿過七、八、九層的沙魔像地帶後，我們終於抵達目標道具所在的最終樓層，也就是第十層。第十不是之前的隨機地圖，而是固定地圖，只有一條通道直通頭目房，很有最終樓層的感覺。

經過短暫休息，我們做好準備後挑戰頭目。

現身的頭目是獅子木乃伊。

獅子木乃伊就如其名，是把獅子製成木乃伊，模樣像把骨瘦如柴的母獅全身塗黑。

論速度和攻擊力道，應該比之前在「黎明之窟」交手過的火車強一些吧。不過完全沒有苦戰的要素，畢竟這座迷宮「暗影遺跡」和「黎明之窟」是同等級帶的迷宮，頭目的等級也相去不遠，然而這次和上次不同，我並非一個人挑戰。

我能輕鬆看穿對方的攻擊，好整以暇地用披肩防禦。我擋下兩次攻擊後，琉迪以風刃割裂並推開敵人，我趁機猛力毆打把牠轟向牆面，奈奈美的箭矢擊中並爆炸，最後琉迪使出暴風之槌澈底完封。戰況一面倒，甚至到了有點可憐的程度。

「……還真輕鬆。」

「……是啊。」

真的很輕鬆。我只能說出爪子看起來很可怕這種小學生般的感想。

因為頭目有木乃伊共通的弱點，我也事先準備了火系陣刻魔石，但是我們隊伍的火力強得根本派不上用場。

就實力來說，應該可以挑戰難度更高一階的迷宮吧。哎，再攻破一個迷宮之後，我已經策劃要挑戰難度高出不只一階的地方

見到琉迪拾起魔石後，我們繼續前進。

突破頭目房繼續往前，眼前出現一個寶箱。以木與鐵製成的寶箱，裡面毫無疑問裝著我所追求的道具吧。

看到那個寶箱，琉迪與學姊面露笑容靠過去，奈奈美和姊姊則跟在兩人身後。

這時我突然感到納悶。回想起來，以前我在拿這個寶箱的時候重試了好幾次，究竟

是為什麼？

屢次讀檔重來，除了拿CG之外還有其他理由嗎？

我跟著四人的步伐走上前，突然間，琉迪全身黏答答的身影浮現腦海。

「啊！」

我想起來了。這裡確實有陷阱，而且不是迷宮探險過程中，而是劇情事件的陷阱。如果我沒記錯，寶箱前方有個陷阱坑。不管識破陷阱的技能等級有多高，都一定會掉進去的劇情型陷阱，坑底裝滿的液體會讓人全身溼答答又情慾高漲。此外，催情效果只對女性起作用，這也是成人遊戲中常見的設定就是了。

大概是事件型陷阱的影響，奈奈美的識破能力似乎沒有正常發揮，琉迪等人也渾然不覺。

就這樣讓她們誤中陷阱好嗎？

腦海浮現了全身濕滑的學姊與琉迪。

只要她們掉進去，某種角度來說我夢寐以求的情景就會上演。但是我明知結果卻刻意隱瞞，這樣好嗎？

假設這次掉進去了，我全神貫注地欣賞那副模樣，在記憶深處做好雙重備份——但在這之後，我有辦法正常與她們往來嗎？

想到最後，還是不行。

「琉迪、學姊，停下來！」

幾乎就在我這麼說的同時，傳來喀的一聲，琉迪和學姊腳下的地面一分為二。

我朝往下墜落的琉迪和學姊伸出第三和第四隻手，但兩隻手都搆不到。太遲了。我賭上一絲成功救援的可能性，朝洞口縱身跳進去。

我在空中用第三隻手抓住琉迪，用第四隻手抓住學姊，把兩人往上舉，同時預備承受墜落力道。

幾乎沒感覺到衝擊力。傳到耳畔的聲音並非嘩啦的水聲，應該說是噗滋吧。

我就是掉進這種液體中。不過液體的量似乎不多，只有膝蓋以下濕了。而且這些液體也為我減緩了衝擊力，完全不覺得疼痛，恐怕雞蛋掉進來也不會摔破吧。

不過因為我姿勢不穩而向後跌坐，全身還是濕了一大半。

「琉迪、學姊，沒事吧！」

「我、我沒事。」

「我也沒事……」

我一直高舉著學姊與琉迪，不讓她們沾到液體，同時環顧四周，在右手邊發現了像是樓梯的東西。確定那裡沒有液體後，我放下兩人。

正常來說，陷阱應該不會附設脫險用的樓梯……因為這是性質特殊的色情陷阱嗎？

我和沿著樓梯走下來的奈奈美她們會合，一起往上方前進。一回到地面，姊姊立刻檢查我的全身。

「這些液體有種不好的感覺，雪音。」

學姊點頭後，馬上施展水魔法為我沖洗全身，姊姊則為我施展解毒魔法。

「幸助……」

琉迪輕聲呢喃，學姊表情擔憂地施展水魔法。看到兩人好端端的，我鬆了一口氣。

「琉迪妳們沒事……真是太好了。」

幸好平安無事。如果她們掉進那池液體，我可能會深受良心苛責，同時慾火焚身，開啟通往新世界的大門而一去不復返。

「對、對不起，是我太大意了……」

「抱歉，我也不夠小心。」

雖然兩人這麼說——

「妳們兩個都別道歉了。」

實際上是我不好。如果我能更早行動，就不會招致這種慘狀。況且我剛才因為想看到琉迪和學姊的色色模樣，甚至一度考慮故意隱瞞。

「幸助……」

琉迪想用毛巾幫我擦乾，但頓時停下動作。之後她緊緊握著毛巾，露出百感交集般的表情。學姊也忘了繼續施展水魔法，呆呆地望著我。

「主人……」

聽見這道聲音，我看向旁邊。站在我身旁的奈奈美表情苦澀，深深低下頭。

「真的非常對不起。」

我一時之間不懂她為何道歉。

「我沒有事先找出陷阱。」

聽她這麼說，原來只是這點小事，我搖了搖頭。

「沒有任何道歉的必要。今天不管是偵察或戰鬥，都一直仰賴妳。」

今天這次完～～完全全是我的錯。真是的，拜託別這樣看我，罪惡感會油然而生。

大致擦乾了，我們便離開這裡，來到我的目標寶箱前方。琉迪大概是因為剛才差點踩中陷阱，開啟寶箱顯得小心翼翼。眾人把臉湊在一塊，探頭看向寶箱內部。

裝在裡面的是五只戒指。分別鑲著紅色、藍色、綠色、黃色寶石的戒指，以及最後一個看起來平凡無奇的戒指。

內容和遊戲中相同，鑲著寶石的四只戒指是強化火、水、風、土屬性能力的戒指。就遊戲初期能取得的飾品而言，能力算得上……

「……好強的力量。」

「我也挑戰過迷宮好幾次，從來沒看過這麼優秀的東西。」

有點用處……奇怪？姊姊和學姊是在說笑吧？

「真的能感覺到很強大的力量。」

……考慮到目前月詠學園迷宮只被攻略到八十七層，也許這是很正常的評價吧。這四只戒指到遊戲中期還算強，但是進了遊戲尾段就顯得力不從心。

「就我低階的鑑識等級，看不出詳細能力。」

姊姊先這麼聲明後，告訴我們簡單的鑑定結果。當然戒指的能力我早已心知肚明。姊姊對我們說明：從紅寶石能感覺到火之力，藍寶石是水之力，綠寶石是風之力，黃色寶石則蘊藏土之力。至於平凡無奇的戒指看不出能力，但魔力很明顯低於另外四只戒指。

我確定她已經說完後，把四只屬性戒指拿到手中，接著按照她們擅長的屬性一一分配。

色彩鮮豔的紅寶石戒指交給奈奈美。雖然她能平均習得各屬性魔法，目前最常使用火屬性，交給她應該無妨。

色澤深邃的藍寶石戒指交給學姊。交給擅長水屬性的學姊是最佳選擇。

宛如蒼鬱森林的翡翠戒指交給琉迪。說到風屬性當然就是琉迪，之後我也會繼續仰仗她的魔法吧。

最後我將鑲著黃水晶般的黃色寶石的戒指交給姊姊。我是不知道姊姊懂不懂土屬性魔法……就送給她吧。

「這個就我拿走。」

最後我取走了剩下那只平凡無奇的戒指。

「咦？幸助你真的要選那只戒指？」

「……我們拿這些沒關係嗎？」

琉迪和學姊驚訝地說道。

「和其他戒指相比，幾乎沒有力量。」

就如姊姊所說，我所選的戒指若和四屬性戒指比，稀有度和能力都不怎麼樣。然而這只戒指帶有我辦不到的能力——識破陷阱，不過效果不強，因此一過遊戲中盤就派不上用場，而且專職盜賊的角色或奈奈美都會取得比這戒指更高階的技能。

但是我想要的就是這個。換個講法，非這只戒指不可。

況且，道具就是要拿在能發揮效果的人才手上，才能發揮最佳的效用。不常使用屬性魔法的我就算戴上那些戒指，也只是暴殄天物。

我得到所有人的同意，收下這只戒指後，姊姊倏地對我伸出手。

「我不會進迷宮探險。」

姊姊把戒指交給我，然後用那隻手摸了摸我的頭。

……為什麼她要摸我的頭啊？

「……離開這裡吧。」

我們點頭回應姊姊，走向回程用的轉移魔法陣。

透過轉移魔法陣回到女武神像前方，正要往外走的時候，我發現了。

「啊，我的鞋帶鬆了。大家先出去吧。」

沒有理由讓大家停留在這個昏暗狹窄且空氣不流通的地方。學姊她們應聲之後，就這麼走向外頭。

我綁好鞋帶，正想要趕緊追上大家的時候。

我的影子投落在我的前方。

這意味著我背後有光源。我將魔力注入披肩，同時轉身朝向女武神像。

在三尊女武神像的中心處浮著一顆燦爛發光的球體。球體原本綻放刺眼光芒，但光漸漸減弱，最後分裂為三個三角形。

三角形飄向每尊女武神像面前的台座，緩緩飄落在台座上，光芒轉為黯淡。

其中一片三角形色澤純白。

用來隱藏重要部位的三角形大概是以聚脂類材質製成，有種微微反射光芒的光澤，四周以白色蕾絲妝點。此外，後半部用細繩來形容也不為過，穿在身上究竟有無遮擋功能，我實在深感懷疑。

無庸置疑，這是已經深植記憶的琉迪的香豔內褲。

另一片三角形則是藍色。

基本材質是棉布，整體而言構造相當紮實。沒有任何誇張的部分，想必能發揮遮蔽重要部位的功能吧。

三角布料的上方有冰晶圖樣的蕾絲作為裝飾，腰部則加上了白色荷葉邊。

這確實是烙印於記憶之中的那件學姊的典雅內褲。

最後一件是粉紅與黑色。

這件我甚至一度拿在手中。

而這是姊姊那件情趣內褲，我還能回憶起拿在手中時的溫度。

「呼～～！」

冷靜下來，先釐清現況。

三個台座上擺著三件內褲。

我嚥下唾液。

節奏加快到極限的心跳有如油門踩到底的引擎。我不斷告訴自己要保持冷靜，同時戰戰兢兢地轉頭看向出口。

那裡沒有半個人影。

「你怎麼了嗎？」

我和大家會合並宣告踏上歸途，這時琉迪馬上看向我，並且這麼問。

「怎、怎麼了？我沒怎樣啊。」

我強裝鎮定如此搪塞。

「是喔？感覺好像和平常不太一樣……？」

不妙，快點深呼吸。深呼吸讓精神恢復鎮定。

「只是有點累了，精神很快就會好起來。」

我這麼說，琉迪依舊有些納悶，但也沒繼續追問。然而——

「大概會使用某些道具，藉此讓某個部位重振精神吧。」

我的身子猛然一顫。轉頭看向旁邊，奈奈美就在我身旁。

「請儘管放心，主人。」

看了她的表情，我明白了。

誰來告訴我這不是真的。

但是，我的心這麼告訴我：

奈奈美已經察覺了，她絕對看穿了。

「這是只屬於主人和我的祕密喔。」

因為琉迪她們取得了店家贈品的戒指，現在我可說是花邑家相關人士之中最弱的一個。乾脆一點，直截了當這麼說——琉迪擁有的力量可說是鶴立雞群，尋常的一年級生無法望其項背。我甚至覺得，她打倒伊織的機率說不定比我還高。

儘管如此，我也不能永遠落後。

最需要的當然是強化自身的能力吧。我已經做好準備，所需道具湊齊了，而且也有助手(奈奈美)。

那麼我最該做的，就是翹課進迷宮。

雖然琉迪擔心地問我：「考試快到了，真的沒問題？」老實說，考試根本不重要……不，其實我有點介意，如果情況允許，我也想應考。應該……不至於不及格吧，至少會比橘子頭或卡托麗娜高分吧？大概。

「表面上假裝這樣，其實是要和奈奈美約會吧？」

「有什麼好假裝的……？」

我做好出發準備，想找奈奈美搭話時，奈奈美嘆息著如此說道。

「我來猜測主人的想法吧。昨天我們攻破了迷宮，拿到奈奈美的條紋內褲，血脈賁張。」

「胡說————！」

哪些部分胡說就不用贅述了吧。

「今天要在家裡一個人激烈運動。」

「妳沒有要聽我講話對吧？」

而且加上前後文，讓我很想追問個一小時：妳以為是哪種運動？

「只是開玩笑的，是的。我想其實是一面看影片一面吃花枝生魚片，還不忘猛灌啤酒吧？」

「我是中年大叔嗎？工作疲憊的大叔嗎？」

「應該要到持有年票的月詠遊樂園一邊品嚐甜點一邊享受遊樂設施吧？」

「我是ＯＬ嗎？好不容易等到連續假期而雀躍不已的ＯＬ嗎？」

「那麼就兩者折衷，要和我約會對吧？」

「這沒有折衷，是往無關的方向飛躍了吧？」

「不需要準備任何行李。衣物……只不過是到外頭走走罷了，用不著穿吧。」

「警察先生！就是我！」

我問奈奈美究竟有何目的，奈奈美才無奈地嘆息道：

「我的意思很簡單。假設主人看到琉迪小姐昨天到迷宮探險而疲憊，回到家又和克拉利絲小姐實戰練習，最後又整晚熬夜調查資料——」

「完全是我嘛……」

順帶一提，我的床被姊姊占據了。

「這時您發現琉迪小姐不太有精神，而且她還是想進迷宮，那麼主人一定會阻止琉迪小姐吧？道理是相同的。」

原來如此，我明白了。這個狀況下，換作是我也會阻止她吧。就算不是我，不管是姊姊或毬乃小姐、學姊，甚至是奈奈美應該都會勸阻。

「簡單說，就是大家在擔心？」

「是的。我想說的意思，您已經明白了吧？」

是啊，我明白了，所以奈奈美口中才會冒出約會這個字眼啊。她想說的是不管要做什麼都好，總之今天不要去迷宮，悠閒度過一天好好休息。

奈奈美面露天使般的笑容點頭。不對，她本來就是天使！

「那麼請您先脫光吧。」

「結論不對吧？」

收回前言。為什麼妳會眉開眼笑啊？不過奈奈美因為我的行動而憂心也是事實。哎，就休息個一天也沒問題吧。

「嗯，休息一天也不礙事，況且的確有點累。」

我這麼說，奈奈美就睜圓了眼睛。

「怎麼了？」

「沒有，只是覺得您比想像中更快就接納了。我原本以為最糟的狀況下，您就算只有自己一個人也要進迷宮。」

就我過去的種種行為來判斷，這樣的猜測也很合理吧。最近我待在迷宮的時間說不定比在家的時間長。

「對擔心我的人只會心懷感謝，不會因此埋怨。」

況且我接下來要在迷宮做的事有點類似作弊。要辦到這件事，一個人的話效率很差。既然如此，拜託熟人同行會比較好吧。

說是這麼說，在上課時間也能輕易出來的熟人，除了奈奈美自然沒有其他人選。

「今天就休息，明天得靠妳嘍，奈奈美。」

「好的。就請您當作乘著驅逐艦出海吧。」

「雖然算得上大船沒錯，但有種莫名的不安在我心中打轉耶。」

話雖如此，先想今天的行程吧。

「到底該怎麼辦？」

我攤開雙手表示自己沒有主意，於是奈奈美開口提議：

「那麼……主人有沒有想去的地方，或是想要的東西？」

「想去的地方啊……」

哎，想要的東西倒是有。在攻略月詠學園迷宮之前，有些東西我想先準備好。這樣的話，乾脆現在準備吧，既然都要出門了。

「上街吧，去販賣魔石的店家。妳要跟我一起去嗎？」

「我當然會隨行。」

奈奈美說完輕輕拍響手掌，呢喃著：「啊～」

「請問您要穿什麼服裝呢？本日天氣晴朗，氣溫適中，全……」

「我不會全裸上街啦！」

在這之後我做好準備，抵達約好的會合地點時，奈奈美已經先到了。她一發現我，不知為何就衝到草叢躲起來。

我有不好的預感。直接轉身離去，獨自一人購物也許是個好選擇。不過這裡畢竟是我們約好的地方。

「真的非常呼～～呼～～嗯嗯！抱歉～～呼～～呼～～讓您久～～～～等了，親愛的主～～人！呼～～呼～～～♪」

「妳是誰啊……人設不對嘍。等等，話說妳明明比我早到吧？」

原本還悠哉地把玩著月詠旅行家，一見到我竟然就突然跑開躲起來。

「咦？您這是在說什麼呢？這種事怎麼可能發生呢？」

奈奈美若無其事地變回平常淡然的態度。

「那麼，主人，我為了今天特別精心打扮，不知您感想如何？適合我嗎？」

「……」

聽她這麼說，我打量她全身上下。一如往常的神態與平常的女僕裝。不只無異於平常，和剛才的她好像也沒任何差別，她究竟是哪裡特別打扮過了？

她一定是在等我吐槽吧。讓主導權一直握在她手上也滿讓人不甘心，就用曖昧的回答敷衍過去。

「很適合啊。」

「我就知道、我就知道。雖然要價不菲，這筆錢花得很值得。」

她指的是服裝嗎？

「原來如此，難怪看起來格外美麗。」

「是啊，我也非常中意。而且戴在頭上也不錯，可提升防禦力。」

「聽起來確實不差。」

「我就知道、我就知道。雖然是我的個人用品，主人要不要試試看？」

「如果有機會，我很樂意。」

「啊啊～～您這樣說，我會害羞啊。您竟然願意如此讚美我的小褲褲，還想戴在頭上……」

「原來是內褲喔！」

隨口敷衍到最後，變成了讚美內褲的變態！怎麼可能有機會把內褲戴到頭上！

「主人明明看不見卻如此讚不絕口，實在出乎我的意料。」

因為我沒想過是內褲啊。哎，隨便開玩笑配合她吧。

「是啊。看來我不知不覺間習得了透視能力啊。」

哪款成人遊戲啊？因為這裡是成人遊戲的世界，就算成真也不奇怪就是了。話說，我們到底在幹嘛？

「別再開玩笑了，差不多該走了吧。」

「說的也是，我們出發吧？」

我們邁開步伐，走過花邑家廣大的庭院，即將走進住宅區時，奈奈美突然開口：

「差點忘了。主人，我想與您共享同樣的價值觀。」

她到底想說什麼啊？如果單純問有沒有這個意願——

「嗯，我也在想一樣的事情喔。」

奈奈美點頭道：

「不好意思，接下來要切入正經的話題。」

「正經的話題有什麼不好意思……用不著道歉啊。」

奈奈美默默地伸出手。左手無名指。我給她的戒指就戴在那裡。為什麼妳要挑那個位置啊？

「請問主人對這只戒指有什麼看法？」

戒指啊。

「……妳想要哪種答案？」

「我想知道的是價值。這只戒指有多少價值，我無法理解。」

我煩惱著該如何回答時，奈奈美繼續往下說。

「請讓我先闡明前提。我理解主人不太願意提起有關自己的事，若您不願意回答，不解釋也無妨。」

語畢，奈奈美凝視著戒指。

「我覺得十分費解。只有這點力量的戒指，為何能讓大家那樣震驚？」

光線照在寶石上，反射閃亮的光芒。

「琉迪小姐、雪音小姐，甚至連初實小姐都認定這戒指的價值值得訝異。」

回想起來，確實在那個場面只有奈奈美沒有吃驚。

「但是唯獨主人不同，反應和我一樣。」

奈奈美輕吐一口氣。

「如果主人與其他人的反應一樣，我大概不會抱持疑問，就能理解這個世界的價值觀就是如此。」

然而我認為那戒指沒什麼價值。

「接下來進入正題。主人對戒指認定的價值似乎和其他人不同？主人的價值觀和大家不同，反而與我共通。」

「妳的意思是，那些戒指的價值在我心目中不如其他人的看法，是吧？」

「是的，就如您所說。不知您想法如何？如果無法回答，就到此結束……」

我不由得笑了。

「沒關係、沒關係，妳沒有說錯。」

因為這個戒指在我看來只是遊戲初期到中期使用的過度性裝備。

「我其實不覺得這玩意兒多麼有價值。」

「……我一直在煩惱，這件事該藏在心中還是向您問清楚。」

她覺得我無法解釋的理由可能太過關鍵，因此選擇忍耐嗎？

「不會，覺得好奇就儘管問，因為我也很信任妳。只要不是太嚴重的事，我都會回答。況且——」

「況且？」

「有一天我會全部解釋清楚，希望妳稍等一下。」

至少要等到薩拉庫耶爾的事件結束，在那之前我不想節外生枝。

「明天在迷宮妳應該會吃驚，和這次的戒指又是不同原因。妳可以好好期待。」

準備利用系統的漏洞。

「好的，那麼我會心懷期待。」

於是，我和奈奈美這次來到的是業界知名「店名像很柔軟的地圖」的店家贈品中的資料片迷宮。

本迷宮「故地之淵」和「黎明之窟」、「暗影遺跡」是同等級區的迷宮。

不過登場的怪物有時會強上一階。

但是，這種怪物正常狀況下不會登場。

那麼在什麼情境才會出現？答案就是陷阱。

「主人，要開始了。」

「上吧。」

奈奈美觸發陷阱後，魔物從天而降。激起漫天煙塵，重量感十足的聲音響徹周遭，那傢伙降臨至眼前。

名叫吉迪亞歐的傢伙外觀一言以蔽之就是巨大烏龜，大概和廂型車差不多大吧。雖然看起來完全是烏龜，其實算是龍的同類。仔細一看，前後腳都長著銳利的爪子，有些部位長著鱗片。

第一次玩這款遊戲時，我還不知道吉迪亞歐的強度而硬上，使得隊伍損傷慘重。勉強不至於全滅是因為吉迪亞歐的步行速度很慢吧。當時我咬緊嘴唇，拋下一句：「別以為這樣就贏了！」隨即夾著尾巴逃走。

之後我才知道這就是正規的迷宮攻略法。

那隻吉迪亞歐其實是不符這迷宮適當等級的怪物，透過觸發陷阱才會叫來這隻實力強上數階的特殊魔物。因此在適當等級來挑戰這個迷宮，鐵定打不贏。如果想打贏這隻魔物，正常做法就是提升等級再來。

萬一不小心誤中陷阱，叫出吉迪亞歐該怎麼辦？因為牠有移動緩慢這個弱點，三十六計，走為上策。

但是，逃走的確是正確解答，然而踩中陷阱而遭遇強敵的危機，就這樣當作是危機真的好嗎？

不，危機就是轉機。有效利用危機，就能使之變成優勢。

換個想法。

陷阱確實等同於惡意，不過如果能有效利用陷阱，那會是多麼有益的優勢？在這次的狀況下，陷阱使得經驗值頗高的怪物出現在低等級迷宮。我長大後之所以會稍微喜歡上陷阱，學會這些利用方法也是其中一個原因。哎，雖然還是怨恨比較多。

那麼，該怎麼做才能有效利用？

首先該考慮的就是雖然叫出了這怪物，但真有辦法打倒牠嗎？

就結論來說，儘管等級低還是有辦法。

成人遊戲《魔法★探險家》高人氣的理由之一，在於敵人都確實有預設「弱點」以及遊戲平衡調整。雖然有一部分頭目沒有弱點就是了。不過這隻烏龜也有弱點，只要確實準備對策，低等級也能打倒這隻魔物。

沒錯，絕非辦不到。如果能降低風險穩定狩獵，那就是絕佳的經驗值農場。

目睹我的行動，奈奈美大吃一驚。哎，這也是當然的吧。因為這明明是我第一次來到這個迷宮，卻已經知道利用陷阱賺取經驗值的手法。

因為她原本就有所察覺，這次可能讓她更確定自己的猜測了。不過看她沒有主動問我，大概是相信我之後會說明，因此刻意保持沉默。

哎，先不管奈奈美的事，重點是打怪。

「還滿痛苦的……」

吉迪亞歐一掉落在眼前，我立刻用第三和第四隻手把牠翻面。把不停搖晃四肢的烏龜排成一列後，奈奈美再度觸發陷阱。

接著我又立刻將掉在眼前的烏龜翻面，使之失去抵抗能力後排成一列。

就這樣累積一定數量後，奈奈美先用爆炸箭炸裂其腹部，我再針對腹部毆打，就這麼一隻接一隻收拾。

在遊戲中可使用土屬性魔法等手段使之翻覆，趁牠無法動彈時全員攻擊，破壞腹部造成大量傷害，藉著這種戰術就能在這個地點賺取魔素（經驗值）。我這次同樣活用這個機制，也十分輕鬆。但是啊～

太枯燥了。

這種事做起來當然很快就膩了。在家裡一個人的話，我可以邊看影片邊練等，所以無所謂，如果是開台實況跑RTA（Real Time Attack），可以一邊看觀眾的留言一面練等，還算可以忍耐。

「奈奈美，妳知道我現在正在想什麼嗎？」

奈奈美面無表情，情緒平淡地做好自己的職責。

「主人的心思我當然瞭若指掌。我穿過的小褲褲，還想再多兩件，對吧？」

「就連一毫米都沒想過。」

誰會去想這種事啊。不過要是她問我需要還是不需要，答案只有一個就是了。

「果然還是想要三件，分別用來保存、欣賞、使用吧。」

「就連一微米都沒想過。」

聽她這麼說，手上有三件確實方便……我在想什麼啊。

「不然就穿在身上、戴在頭上、高舉在手上等三種吧？」

「就連一奈米都沒想過。」

這是哪門子的三神器？根本就是大變態嘛。妳還真喜歡戴在頭上。

「該不會要用來傳教！」

「對象要找誰，又要傳什麼教啦！我不會啦！」

「太好了，若要提供給主人以外的對象，我恐怕只會痛苦不堪。」

「我就沒關係喔……」

該怎麼說，其實有點開心。

我們聊著愚蠢至極的話題，雙手仍舊確實工作，不過枯燥終究不變。

烏龜掉下來。

翻過來再排好。

烏龜掉下來。

翻過來再排好。

累積夠多了就射出爆炸箭，一隻接一隻揍肚子。

這要一直持續下去啊……

「魔素確實不斷流向我們。繼續加油吧。」

我點頭回應奈奈美這句話。

「說的也是……」

雖然麻煩，考慮到日後的狀況，這是必須的工作。為了收集魔素以強化自身。

中間歷經幾次休息，我們狩獵烏龜長達數小時，終於決定收手。

狩獵的成果相當豐富。在蒐集魔素以提升能力這方面，我已經能清楚感受到差異。

像是每次毆打腹部時，需要使出的力氣越來越小了。現在就算沒有奈奈美的爆炸箭，我大概也能勉強單刷。但因為能提升觸發陷阱和排列烏龜等作業的效率，兩個人還是好上許多。

「在這之後您有什麼打算？」

奈奈美這麼問道，不過計畫已經擬定了。

在迷宮最深處應該有一隻正等候我們大駕光臨的頭目，而且在那隻頭目之後有個寶箱。不過寶箱的內容儘管對伊織有用，對現在的我卻派不上用場。頭目光看ＨＰ雖然很高，但強度比我剛才用來賺經驗值的烏龜（吉迪亞歐）弱。知道這一切的我推導出的結論就是——

「很好，別打頭目，直接回家吧！」

奈奈美一臉震驚，但我不打算去。因為去了也沒意義嘛。

如果有迷宮通關獎勵，要去也不是不行。但在現實世界中通關也不會在地圖附加通關標記，就算打通到底，不管在經驗值或技術上都可說沒有收穫。

這種浪費時間的事誰要做啊。在某款遊戲的ＲＴＡ，城鎮明明遭到魔物襲擊而陷入一片火海，玩家卻為了縮短破關時間，澈底忽視魔物（劇情事件），甚至進入民房洗劫金錢和道具，再面不改色地到其他城鎮變賣。相較之下，我這次縮短時間未免太和平了。

況且之後的行程已經排好了。回家後一如往常地空揮，接著沖澡，然後在空檔時間和琉迪她們玩玩遊戲或看影片一同歡笑，不只能放鬆心情，而且有意義數百倍。完全感覺不到特地深入迷宮的必要性。

「就這樣，回去吧。」

我這麼一說，奈奈美就從女僕裝的口袋取出圓形道具，注入魔力使之啟動。

——琉迪視角——

用過晚餐後，我正在整理準備拿來教里菜（卡托麗娜）同學的筆記時，接到了來自毬乃小姐的訊息。

文中意思是她有話要說。

毬乃小姐主動找我還真稀奇。我立刻收拾筆記等，走向客廳。

這時已經有幾人聚集在那裡，其中一位並沒有住在花邑家。

「雪音學姊？」

我如此問道，雪音學姊便對我微笑。

「晚安，琉迪。」

「雪音學姊也是被叫來的嗎？」

我坐到雪音學姊身旁，她將身體轉向我並點頭。

「是啊，沒錯。因為學園長突然傳訊息過來。」

雪音學姊只轉動脖子直視毬乃小姐，毬乃小姐便中斷與奈奈美的對話，看向我們。

「這樣大家都到齊了喲♪」

我掃視整個房間，在場有毬乃小姐、初實小姐、雪音學姊、奈奈美、我、克拉利絲等六人。再加上他不在現場，本次聚會的議題可說是不言自明。

話題主角是幸助。

「那麼，我想應該有人已經察覺了，就是要討論小幸的事。」

果不其然。出現在這裡的成員們對幸助或多或少都懷有特別的感情，包含我在內。

「其實，我發現小幸異想天開地打算做一件非常危險又脫離常軌的事喔♪」

聽毬乃小姐這麼說，我不由得皺起眉頭。

「真的嗎……？」

「就是這樣。所以說小奈奈……嗯？怎麼了？不可以這樣叫？咦？一定要加小姐？有必要這麼見外……不要用那麼可怕的眼神看我啦～」

每次我不直呼奈奈美的名字或不用暱稱，她就會生氣，但為什麼她會強迫毬乃小姐一定要加敬稱呢？

「咳。和奈奈美小姐討論之後，我們決定要為小幸聲援。」

我原本只是愣愣地看著毬乃小姐她們，但很快就抽回意識。那傢伙似乎打算鬧出一番大事，而且還有危險。

「學園長，請問那究竟是什麼事？」

雪音學姊這麼問，毬乃小姐便笑著點頭。

「嗯～～他說他不去應考，但要奪得學年第一名，還要留下異次元級的成績。」

聽了毬乃小姐這句話，我一頭霧水。

「不去考試卻拿全年級第一，這種事真的辦得到？」

緊接著——

「……懂了。」

「原來如此，不去考試…………的確還有這招。」

初實小姐和雪音學姊如此說道。我看不出初實小姐的表情變化，雪音學姊倒是像理解原理似的點點頭。

「其實真的能辦到喔～～」

克拉利絲好像也覺得好奇，手撐著桌面，身子微微向前傾。

「究竟……要怎麼做才能辦到……？」

她這麼說了。

「因為妳們沒有在學園考試的經驗，也沒看過排行榜，這樣大概不可能想像吧。不過只要考過一次應該就不同了。」

「是啊～～只要考過一次應該會懂。琉迪妹妹，妳知道我們學園的畢業條件吧？」

「我知道，拿到必修科目的學分或攻破月詠學園迷宮第六十層……該不會……？」

我突然想到，既然突破迷宮六十層能畢業，就代表……

「對，大概就和妳想的一樣。月詠魔法學園的成績，是用考試分數和迷宮的攻略進度來決定。」

原來如此，這樣的話不應考也能拿到第一名，只要挑戰迷宮就行了。

「學園長，我有一個疑問。」

雪音學姊說道：

「因為迷宮的配分非常高，只要能攻破十幾層就足以得到全年級第一吧？但是您為什麼說他想做非常危險又脫離常軌的事？」

「我也不懂。區區十幾層對現在的幸助只是小事。」

毬乃小姐聽了她們的話，連連點頭。

「就是這樣～～我也覺得如果目標是一年級的最終目標二十層，現在的小幸已經綽綽有餘。不過小幸的目標樓層還在更深處……」

說到這裡，毬乃小姐輕嘆一口氣。奈奈美接著繼續說：

「主人以輕描淡寫的口吻說了——單人挑戰四十層。」

咯的一聲傳來，雪音學姊倏地站起身。

「怎麼可能！他說四十層？」

「……無法置信。」

就連平常總是面無表情的初實小姐現在臉上也充滿了驚愕。

「那個，請問四十層有多驚人？」

克拉利絲幫忙提出了我的疑問。雪音學姊先深呼吸一次，緩緩開口：

「四十層是我們二年級生的目標樓層。我記得二年級包含我在內，已經有幾個人抵達目標了吧。但是，若問能不能在第一次挑戰就抵達四十層，那絕對不可能！而且居然還想隻身挑戰……」

「魯莽又亂來。幸助一無所知？」

「我原本也笑著回答不可能，小幸聽了就和我一起笑了起來……」

毬乃小姐臉上的笑意倏地消失。

「不過他的眼神是認真的。」

「主人毫無疑問會挑戰吧。」

毬乃小姐點頭回應奈奈美這句話。

「嗯，就是這樣。我原本也想過乾脆讓他慘痛地失敗一次也不錯，不過，小幸似乎不認為自己只是去品嘗失敗的滋味。」

「主人目前正在某個迷宮修行，而且以異常的速度變強。多虧主人，我的實力也有所長進。」

「就如奈奈美小姐所言，小幸現在越來越強了。所以，我不由得這麼想……」

毬乃小姐沒有把後半句說完，但我已經理解了她原本想說的意思。

「不過，小幸想做的這件事還有一個問題。」

「……我懂了。期限。」

初實小姐這麼說，雪音學姊恍然大悟般說道：

「對喔。因為會發表考試成績，只有大概一個星期啊……！今年的月詠學園迷宮開放日期就是考試當天。從這一天算起，在五天的考試期間結束後，過三天會公布計算好的成績。這絕對辦不到。瀧音他知道嗎？學園迷宮裡每一層都比之前去過的迷宮大上許多喔！」

我也大致理解了。第一名又攻破四十層，意思就是必須在考卷批改結束，攻略進度併入考試成績之前攻破第四十層。

「沒錯，就是這樣。學園生最快的紀錄是在有前三會會長們支援的狀態下，由雪音妹妹、紫苑妹妹、芙蘭妹妹三人所創下，時間是自初次挑戰後六個月，被認定為不可能被打破的紀錄。」

聽毬乃小姐這麼說，克拉利絲驚呼般說道：

「只、只用一個星期攻破需要這麼長時間的迷宮嗎！」

「瀧音到底打算怎麼達成呢……我們那時因為要上課，只是偶爾挑戰迷宮，數天後再度進迷宮，像這樣慢慢推進而得到六個月的成績。儘管如此，這還是比之前的紀錄縮短了三個月的重大更新。如果只是單純計算待在迷宮內的時間，大概是數個星期吧。但是要在一個星期內辦到？而且要單人挑戰？」

「無法、置信…………」

既然雪音學姊和初實小姐如此驚愕，那肯定是相當誇張的想法吧。

「我也向他提議過了，至少找個人一起去。他說其實他也想和琉迪妹妹或雪音妹妹、小奈奈……好痛！不要踢我！……帶奈奈美小姐一起去，但是這次無論如何都要單人挑戰。不過他不願意告訴我理由。」

「主人的思考領域已經在我和毬乃小姐無法抵達的高次元……不，要以異次元來形容也不為過。正因如此，我這麼認為——」

奈奈美說著，以認真的表情凝視眾人。

「主人肯定會辦到吧。」

「我和奈奈美小姐決定要為他聲援了。因為我也算一介教師，不能給他太多特別待遇，只能在可行的範圍協助就是了……」

這麼說完，毬乃小姐看向我和雪音學姊。

「所以，我希望大家能提供協助。我明白考試期間已近，但希望各位能助小幸一臂之力。拜託大家。」

語畢，毬乃小姐低下頭。然而她根本沒必要低頭請求。

「請抬起頭來。就算沒人拜託我，我也願意幫忙幸助。」

聽到我這麼說，雪音學姊輕聲笑道：

「這點我也一樣。」

我們表明意志後，毬乃小姐抬起臉，倏地站起身，緊接著露出燦爛的笑容。

「琉迪妹妹明明是第一次考試啊，不好意思。還有雪音妹妹也是。」

毬乃小姐走向我們，把手擺在雪音學姊的肩膀上。

「謝謝妳，日後還請繼續幫助他。對了，如果妳覺得要到這邊很遠，要住下來也可以喔。反正總有一天還是要過來。」

什麼？總有一天還是要過來？是指什麼？我與學姊互看一眼，對彼此露出一頭霧水的表情。

「啊，對了對了。雪音妹妹，還有一件事。」

「？請問是什麼事？」

「小幸大概已經看穿你們的角色。我想這就是他刻意引人注目的理由。」

聽了這句話，雪音學姊先是愣住了，不久像是理解內容般苦笑。

「這樣啊。要考慮這一點的話，我會覺得有點遺憾。」

「我想這種可能性比較高……不過……」

「是的，我和瀧音的關係不會改變，將來反倒會更頻繁交流吧。」

我完全搞不懂她們兩人在說什麼。成為局外人的我原本想問理由，但是……

「對不起，琉迪妹妹，現在不能告訴妳。不過我想妳應該很快就會知道。」

在我開口前就被拒絕了。

「的確如此，這一點我能保證。考試結束後想必妳會有機會知情，因為我會直接找上妳。」

雖然很好奇，但是兩人都這麼說了，我也無法追問。

「我知道了。那麼……到時候我會再問。」

「我要說的就到這裡。雪音妹妹今晚住下來吧。克拉利絲小姐，可以麻煩妳嗎？」

「好的，我明白了。」

於是我們走出房間，雪音學姊就交給克拉利絲，我先回房間吧……等等，交給克拉利絲真的好嗎？

我有些事情想問她。因為近來雪音學姊有時會顯得心不在焉。

若問在遊戲《魔法★探險家》中，學園裡最醒目的人是誰，我大概會毫不遲疑地提出兩個人選。理由很單純，因為在學園之中，她們的服裝顯然異於常人。

和其中一人尚未邂逅，不過有一人已經見過了。式部會的式部大輔（副會長職），姬宮紫苑。

至於她哪裡異於常人，就是學園有款式統一的制服，她卻總是穿著一襲完全找不到制服要素的純和風服裝。雖然學園好像沒有硬性規定要穿制服，但澈底抗拒幾乎所有人都穿的制服，我行我素的態度讓人甚至感到敬佩。

此外，從她高雅的舉止與優美的姿勢可以窺見那是她自幼養成的生活態度。在女性角色之中，她的身高也特別高，使她更加醒目。就宛如在一片蒲公英花田，唯獨特別高的粉紅菊花一枝獨秀，就算隔了一段距離，也能一眼看出：「啊，是紫苑學姊。」另外，因為式部會普遍受學園生討厭，讓周遭的學生行走時自然會避開她，這也讓她的存在感更加強烈。

但如果問現在最醒目的人是不是她，答案也許不一定。

紫苑學姊確實引人注目，而且因為她個性強烈，更是讓人印象深刻。不過當這個世界成為現實，倒不一定真的是最醒目的人物。

當魔探成為現實後，讓我感受更加深刻的是琉迪在學園裡比想像中醒目。她不只是多雷弗爾皇族，還是個超級美少女，理所當然會成為眾人的話題焦點，會誕生ＬＬＬ這個粉絲俱樂部也是自然而然吧。

不過，ＬＬＬ有項規矩是「為了讓琉迪大人健全平穩地生活，在暗地裡予以協助」。因此粉絲俱樂部的成員似乎不會輕易靠近琉迪，再加上她極端高貴的身分，除了親暱的友人，鮮少有人會靠近她。

因此，她身邊就形成了某種聖域般的奇妙空間。學生會會長莫妮卡學姊也處於同樣的狀態，那真的非常醒目。

不過最近有個矚目程度不輸她們兩人的新星出現了。

聽說是二人組，其中一人是男性。那傢伙似乎就是近來負面謠言漸漸傳開的主角。

而且那名男性還穿著比人的身高還長的特大號披肩，也是時常與知名的琉迪殿下交談的人物。

只是最近因為翹課太頻繁，存在感似乎漸漸變淡薄。聽說那傢伙難得來上學，卻帶著一名身穿女僕裝的銀髮超級美少女。那位美少女女僕總是無微不至地服侍那個男性。那兩個人到底是誰啊？

正是我們。

「你看，大家都隔一段距離偷看我們，而且那個，也有謠言在傳。」

就如伊織所說，學生餐廳裡的視線都往這裡集中，簡直像來到動物園似的。當然我是籠子裡的那一方。

至於應該比我更引人注目的超級美少女奈奈美則不當一回事，反倒是享受著這個情境。

像是在眾人面前表現，甚至故意對我噓寒問暖。

不過，別那麼大聲說「您想枕我的大腿嗎！」好不好？

妳絕對是在拿我取樂吧？但是看到學生們轉過頭來面露驚愕表情，感覺有點好玩。

可以的話，晚點在家裡私下讓我枕大腿加掏耳朵……太難為情了，我說不出口。

哎，我們這樣當然很吸引別人的目光吧。假設彼此立場對調，我應該也會看著那傢伙並與旁人交頭接耳，心中想著：跟我交換位子啊。

「……抱歉啦，伊織。你可以跟我保持距離喔。」

當我這麼說，一杯咖啡便擺到我面前。似乎是奈奈美出於體貼為我準備的。

緊接著，奈奈美也在伊織面前放了咖啡，將星星與月亮形狀的方糖擺在一旁。1、2、3、4、5、6、7、8、9、10。

伊織面露微笑說「謝謝妳」之後，伸手拿起糖。我原本想：「哈哈，未免太多了吧？」但伊織撲通撲通地把糖全部放進杯中。

而且還喝得一副很享受的樣子～

「什麼保持距離……幸助你在講什麼？」

話說我碟子裡的方糖只有心型耶，可不可以幫我擺些星星和月亮？哎，不過這不重要，這種方糖超可愛的，我想留一些自用就是了。可不可以分我一點？

「我知道幸助你是個很好的人，況且你是我朋友啊。如果你討厭我……那個，我會保持距離就是了……」

這傢伙是怎樣？

「伊織，喜歡吃什麼儘管點。從菜單頭點到菜單尾也沒關係，錢我來付。」

真受不了，真是個好傢伙……！我翹課的時候，他也願意借我筆記。不去爭取考試的分數，爭取我心中的分數要幹嘛啊？就、就算你這樣對待我，只有最強的寶座不能給你喔！

「那、那不是朋友該做的事啦！況且幸助你不是會傳訊息給我，為我介紹一些迷宮嗎？」

我先安撫了慌張的伊織，要他別緊張，然後為他和奈奈美點了聖代。伊織起初還在客氣，但我用筆記費為名義硬是讓他接受；奈奈美則是理所當然般開始品嚐。

呃，我可不是因為想要她親自餵我才盯著她。

不過，如果她要餵我，我當然接受。遇到美少女女僕親自餵食，難道會有人不高興嗎？

我張開嘴靜候，她便默默把湯匙遞向我，但是突然在我面前急轉彎，奔向她自己的口中。

妳還真行。

「對了，幸助你考試沒問題嗎？剩下已經不到五天了喔。」

當我張嘴追逐奈奈美的聖代，伊織苦笑著如此說道。

「雖然有問題，但應該沒問題吧。」

反正我根本不會去應考。

我事先找毬乃小姐商量後，這幾天我應該從未翻開筆記或教科書，看到的都是上下顛倒的烏龜吧。

話說，我明明不想害大家擔心，曾經拜託她：「不要告訴琉迪他們。」為什麼那個人隔天就跟大家暴露啦？

「？卡托麗娜同學她們好像請琉迪薇努同學指導，在圖書館拚命念書。不過……嗯，那個……」

沒關係，你不說我也明白。所以早餐時琉迪才會愁眉苦臉吧。

「哎，沒問題啦。反正我會拿到學年第一名。」

「真的喔～～？」

伊織皺起眉頭如此說道。

「當然是真的啊。嗯？怎麼啦，奈奈美？妳最後還是決定餵我吃？」

奈奈美用湯匙餵我吃聖代時，剛才對我投以柔和眼神的伊織發出「啊」的一聲。我莫名突然害臊起來了耶！

「對了，說到圖書館讓我想到，有位圖書館員和奈奈美同學跟琉迪薇努同學一樣漂亮耶。」

「哦？該不會是櫻學姊？」

「啊，原來你認識喔。嗯，就是她。她告訴我就算我現在沒有打算借書，之後還是會用到圖書館，要我先登記比較好，所以我就先辦好登記手續了。她長得很漂亮，讓我忍不住看呆了。」

「是喔～～她的確很美。」

其實來到這個世界後還沒見到面。

「話說，考試之外怎麼樣？比方說迷宮的進度。」

「這方面也滿順利的吧？雖然不是和莫妮卡會長一起，我正和學生會的成員們挑戰幾個迷宮。」

「哦，聽起來不錯嘛。」

我放心了，看來他確實走在學生會路線上。這樣的話，將在考試結束不久後發生的那個事件就會讓他加入學生會吧。

「都是多虧你，給了我很多建議。」

嗯，我確實給了建議。

「沒有啦，我幾乎什麼忙也沒幫啊。如果事情很順利，那都是你的行動和努力的結果。」

實際上，我只是從我應該不會去的迷宮中挑幾個適合伊織的，大略向他介紹。

「是、是這樣嗎？」

「就是這樣。」

「聽你這樣說，我滿開心的耶，因為我也很努力喔。而且最近一切都很順心，也有越來越強的感覺。」

看來才華也含苞待放了。這樣一來，他進入學生會之後就會以誇張的速度變超強吧。不過就算這樣——

「哎，我不會輸給你就是了。」

「真是的，那我也同樣不會輸喔。」

哈哈哈。我們相視而笑，然而我這句話完全沒有玩笑話的成分。

第六章 「三強」水守雪音

水守雪音學姊很美。

必須先聲明，這描述不限於容貌。當然容貌美麗毋庸置疑，但是舉手投足、薙刀的架式、待人接物、精神，一切總加形成學姊的美。

不過，最近的學姊看起來卻蒙上一層陰霾。

「學姊，最近發生什麼事了嗎？」

學姊有些尷尬地苦笑後，搔了搔頭。

「為什麼會這樣想？」

平常看起來心不在焉，而且揮出薙刀時也少了一分犀利。

「嗯~~感覺薙刀沒有平常那麼美。」

因為我總是注視著學姊才能分辨，最近的學姊不太像學姊。

「不美啊……」

這麼說著，學姊陷入沉思。

「有什麼煩惱嗎？」

學姊大概在考慮要不要說吧。她看著我，呢喃低吟。她的表情苦澀，但最後指向方便坐下的岩石。

「最近……在想一些事情。」

我們兩人坐在岩石上，學姊的視線指著瀑布。

「在想事情嗎？」

學姊似乎在糾結什麼，沒多久，她便放棄掙扎似的吐了口氣，微微笑了。

「真是不可思議。照理來說，這不應該對你提起，但不知為何我不禁想告訴你，而且覺得這樣應該能抵達我追求的解答。」

我保持沉默，學姊便說了：

「我究竟能變得多強？」

她接著說：

「我有個當作目標的對象，我一直覺得不可能超越。哎，其實就是我姊姊…………但她這麼告訴我：『雪音能成為這世界的第一名，要代替我成為世界第一。』我這樣和她約定好了。」

「……我覺得學姊一定能成為世界第一喔，雖然有我阻擋。」

「哈哈，先聽我把話說完……然後，就算我隨著歲數增長而成長，但姊姊永遠都擋在我前方，儘管她已經不在這個世界上了。」

學姊的姊姊已經過世，而且是因為那種原因。

「即使如此，我還是持續修行並進入這所學校，然而我見到了莫妮卡會長和毬乃學園長，知道世界上有那種人。」

學姊的語調往下沉。

「我也大概明白大家對我有所期待，因為也有人像你這樣會直接當面告訴我。不過我總是捫心自問，自己究竟有沒有能力回應那份期待。」

我明白了學姊的煩惱。學姊現在沒有自信，姊姊這個障礙一直梗在心中。如果能替她化解……

「我總是回憶起姊姊說的話，雖然半信半疑，也試著變強，但是……」

「學姊，可以聽我說句話嗎？」

沒必要繼續聽下去，我已經很明白了，也知道我必須怎麼做。我想現在大概就是行動的時候。

「這可能只是我自以為是，所以我想向學姊問清楚。」

我暫時打斷話語，直視學姊。

「學姊想變強嗎？」

我個人希望學姊登上最強的巔峰，成為我最喜歡的那位身為三強的水守雪音。在遊戲成為現實的當下，我甚至比之前更喜歡水守雪音。但是她自身的意志更重要，如果她明明沒有意願，我卻強加於她，那只是傲慢，所以我必須先問。

我真的可以讓學姊成為三強的水守雪音嗎？

「我能辦到嗎？」

「能，甚至超越學姊心目中的最強。雖然現在是考試前夕，時間十分寶貴……如果學姊願意……我希望妳現在就跟我來。」

學姊考試在即，而我正預備攻略迷宮。哎，我了解學姊，考試的準備應該已經幾乎萬無一失了吧。學姊和我不一樣，是模範級的優等生。

現在這段時間對學姊很重要，對我也同樣重要。為達成左右將來的重大成就，我不惜被視作劣等生，要將累積至今的一切化為具體成果。

而且這也對自己的成長有益。時間點可能不太對，但跑這一趟絕不會錯。況且我想將學姊放在優先，也想助她一臂之力。

「學姊，和我……一起進迷宮吧。」

—雪音視角—

為何會知道地圖上沒記載的迷宮？這個問題恐怕沒有意義吧。「因為他是瀧音」。憑現在我對瀧音的了解，只用這句話就能解決。

不過這指的不只是我對瀧音的了解，也代表我對他的信任。難道他會什麼都不說，就做出不利於我的事嗎？

我敢說絕對不會，至今為止總是如此。雖然有些時候他的要求讓人很害臊就是了。

「曉之迷宮」。

瀧音帶我來到一座迷宮，據他所說，這是迷宮名稱。若問外觀看起來如何，答案大概是石造的遺跡型迷宮。

瀧音有時會為我介紹特殊的迷宮或樓層構造，這次也不例外。

「雖然名字叫迷宮，看起來不怎麼像啊。」

此外，也沒有魔物出沒的氣息。

「不，這裡某種意義來說是座迷宮。必須攻略自己的迷宮。」

「……自己的迷宮？」

「是的，而且有些人的特別簡單，有些人的則特別難。某個角度來說，能和最強的高手對決喔。」

話中有話般的說明讓我摸不著頭腦，但他絕不更加詳細說明。

「很有意思吧？雖然整支小隊一起進迷宮，卻是每個人各自戰鬥。」

換言之，雖然可以複數的人一起進入，途中似乎會彼此分開，各與不同的魔物戰鬥。而且只要打敗頭目，就能前往尚未戰勝的夥伴身旁攜手合作。

另外瀧音說他能猜到自己必須面對的對手，也說他不知道我要交手的對象。然而從他的口吻聽來，我想他其實心裡有數吧。

不過我沒有說出口就是了。

沿著單純的直線通道不斷前進，最後魔法陣出現在眼前。有兩個轉移魔法陣，魔法陣前方以古代文字不知寫了些什麼。

「接下來好像只能一個接一個進去。」

瀧音看到那文字，輕描淡寫地說了。

「對了，學姊，有件事希望妳記在心裡。」

「怎麼了？」

「接下來出現的敵人絕不是無法戰勝的對手。我一定會比妳更早擊敗頭目，趕到妳身旁，但我不會出手幫忙，因為妳一定能戰勝。」

「一定能戰勝？」

「是的，也許學姊會心生不安，不只是學姊，有些人大概不免會感到不安。」

說完，瀧音牽起我的手。

「但是學姊一定會贏，一定能戰勝，請相信我。萬一學姊真的出事了，我會照顧學姊一輩子，所以就算要故意輸掉也無所謂，請拿出全力挑戰。」

瀧音如此說著，凝視我的雙眼，但他突然鬆開手說「我出發了」，隨即走進左側的魔法陣。我確定他的身影消失後，走進眼前的魔法陣。

我對眼前景象有印象。我進入這間學園後，借用了好一段時間的那座瀑布。

溪水潺潺，鳥鳴輕響，還有瀑布打下來的聲音。拂過肌膚的微風隱約帶著有些濃烈的自然氣息。

我不知該如何是好，想先確認瀑布後方而前進時發現了。

在瀑布的中央有塊能讓幾個人站立的岩石，有東西正靜佇在那上頭。

那是一道黑色人影。但是仔細一看，那道身影與我每天見到的身影十分神似。

沒錯，像極了放下頭髮的我。

但是那與我有決定性的差異。她手中拿的並非「薙刀」，而是「武士刀」。

影子一語不發，對我拔刀擺出架式。這時我終於理解了。

無法順利呼吸，無法理解。

究竟是為什麼，為何？到底發生了什麼事？這是什麼狀況？這不是真的吧？無法置信。

目睹那道身影，心底的諸多感情頓時滿溢而出。那些感情亂七八糟地混在一起，讓我噁心想吐。

那道影子不是我。根本不是我。

那副架式我曾經看過，看過不知幾次。那道身影曾經一次又一次被人拿來與我比較，讓我一次又一次陷入煩惱，最終放棄練刀。

「鈴音……姊？」

「曉之迷宮」這座迷宮不需要特殊的更新檔，也不需要麻煩的條件就能挑戰。雖然有一部分的角色在此會觸發重要事件，基本上並非攻略流程必經的迷宮。

此外也不是讓遊戲主角聖伊織成為最強角色必經的迷宮。

但是對水守雪音的粉絲而言，這個地點無論如何都要來一趟。只要學姊不親口拒絕我，我本來就打算理所當然般帶她過來。

言歸正傳，這座迷宮和普通的迷宮不同，每個人只會遇見一隻怪物，然後與自己心目中認定的最強人物或心理創傷來源交手。

學姊會遇見的大概是她自己的姊姊。除了那個人，不會有別人。只有她可能出現。至於我，會遇見的就是那傢伙吧。或者該說，除此之外沒有其他可能性。

穿過魔法陣，眼前是每天的必經之路。

現實中早已凋謝的櫻花在這裡依舊綻放得掛滿枝頭，花瓣自樹上以秒速五公分緩緩飄落。

我在夾道的盛開櫻花之間筆直前進，眼熟的校門映入眼簾。大門理所當然般已經關閉，門前站著一道男性輪廓的影子。

影子的一身制服穿得整整齊齊，沒有特色的髮型、可愛的中性容貌。成人遊戲男主角最常見的那種路人角色般不起眼的長相。

「我就知道，是伊織啊。」

站在該處的是聖伊織。

聖伊織的影子沒有回答，只是靜靜地盯著我。

那不是品嚐聖代時的笑容，也不是因為我被人在背後指指點點而擔心的表情。左手拿著收在鞘中的劍，面無表情地直視著我。

我將魔力注入披肩，朝著伊織走上前去。

伊織模樣的影子默默拔劍，鬆手放開劍鞘，於是劍鞘循著重力牽引撞擊地面，但一切寂靜無聲。劍鞘在墜落地面的同時化為細微的黑色粒子狀物體消散。

隨後，黑色劍身的尖端直指向我。

我猛踢地面後展開披肩。伊織見狀就讓魔法陣環繞右手，朝著我猛然推出。

「哈哈，連魔法都會用喔。」

哎，這是當然的吧。對手可是可能性凝聚而成的伊織。

憑空出現的火球直朝我飛來，但我用第三隻手揮開火球，向前一步。

不只火焰，還有水、風、土，甚至光屬性。從這能力判斷——

「是魔法劍士型的伊織啊。」

聖伊織暗藏無限的可能性，可以成為單純窮究近距離攻擊的物理攻擊手，也能純粹修練魔法成為遠距離攻擊的專家。至於恢復魔法，雖然不及新舊聖女，但也懂得使用，能用的武器也包含弓、槍、鞭等，相當多樣。

其中魔法劍士型就是能力最平均的培育方式吧。因為攻擊和魔法都有一定水準，運用起來相當順手，唯一的難處大概是這種練法在遊戲第一輪容易變得不上不下。儘管如此，各方面還是能發揮平均以上的能力，這就是男主角的資質。

的確很強。

「不過，聖伊織可不是這種貨色。」

那傢伙不可能這麼弱。

光論可能性的話，可習得的魔法與技能數量可以與他抗衡的就只有奈奈美了吧。但是我有伊織沒有的力量，擁有能操縱披肩的力量。

真正的伊織……還要更強。變得更強，出現在我面前。

既然如此，我可以輸給這種貨色嗎？況且我接下來就要挑戰更棘手的難關了，這樣真的可以嗎？

當然不可以。

「壓倒性勝利。非壓倒性勝利不可。」

這只是伊織的影子，不是伊織本人。我當作目標的是最強的伊織。

現在雖然步調還不快，但伊織正逐漸成長，紮實地打穩地基。

我還預定日後要為伊織介紹更多適合他的迷宮。

現在毫無疑問是我比較強吧。沒錯，這段時間是我比較強，然而伊織接下來應該就會開始急起直追。況且如果他不追上來，我反而會傷腦筋。為了指引每位女角走向幸福結局，這是必要的條件。

我也必須變得更強。

所以我才會挑戰在一星期攻破月詠學園迷宮的四十層。

「怎麼啦，冒牌貨，還站在這裡喔？」

影子的魔法軟弱，劍勁無力。

我已經看穿你的劍法。你根本不是伊織，不要模仿伊織。

以披肩防禦，以拔刀術確實奪得上風。

大概短兵相接了幾回合。影子將劍朝我劈落時，我用披肩架開劍身，借力使力轉身一圈的同時拔刀。

積存的魔力爆發，將影子一刀兩斷。

我不再看向影子，邁步走向勝利後出現的轉移魔法陣。

為了達成我定下的雄偉目標，有個道具我想盡早取得。

無論如何都想要。

為此我才挑戰月詠學園迷宮。

期間是短短一星期，但那將是漫長又艱辛的一星期吧。

不，現在先不去想這些，我有其他該做的事。

「先到學姊那邊吧。」

——雪音視角——

第一次覺得我贏不了鈴音姊是在我懂事的時候。

父母平日經營劍道與弓術的武道場，那時我模仿兩人的動作，揮舞細小的棒子。看到比我大兩歲的姊姊與父親練習對打，我也好奇地想試試看，成了最初的契機。

不管怎麼試都贏不了。那時還是個小孩子，感動地覺得姊姊好厲害。當時也許是因為我們年齡有差距。

但是，不需要經過太久時間，我就明白那是姊姊的才華，我一輩子都無法超越。而且就像要證明這個感想，在這之後我同樣連一次也不曾贏過姊姊。

影子持刀蹬地，瞬間逼近我。我用薙刀擋下影子揮向我的利刃，不禁倒抽一口氣。

那的確是姊姊的刀法。

揮向我的刀身、逼向我的利刃與記憶中的姊姊的刀法幾乎別無二致。唯一的差別在於，那刀法已經更迅速也更犀利。

疾風狂濤。

這個名詞體現了鈴音姊的連擊。面對高速衝向我的利刃，光要抵禦就已耗盡全力。

就算想逃離武士刀的攻擊距離，影子像是絕不讓我拉開距離般馬上就再度逼近。

我以刀鞘擋下攻擊，使勁推開，趁著影子失去平衡時，往後拉開一大段距離。

隨後我手持薙刀，準備施展讓水球飄浮的魔法。

影子目睹我的動作，提高警覺，不再一味逼近，而是暫且保持距離。

「簡直像在和莫妮卡會長交手啊。」

就這樣直接施展魔法攻擊大概沒意義吧。不過我明知如此，還是射出水球試探。

影子甚至沒有閃躲，直盯著水球並揮刀。光是這樣水球就一分為二，當場迸裂。

隨後影子若無其事地重新擺出架式，緩緩朝我靠近。

直到途中動作都很緩慢，但沒有持續太久，影子突兀地加速，揮刀斬向我。

大概是先讓我習慣緩慢的動作後突然提升速度，想讓我難以反應吧。

我擋下了那一招，但那是假動作。影子用力踢中我的腹部。下一瞬間，她讓魔法陣在面前實體化，冰槍從中飛向我。

我立刻揮動薙刀打落冰槍。

影子不放過破綻般猛然逼近，我躲過影子的斬擊，朝其手腕反擊。

手感清楚傳來，我自己也認為應該得手了。但是——

「為什麼毫髮無傷……？」

我原以為剛才砍中的影子看起來完全沒事。

冷靜下來。

再試一次。沒錯，姊姊的攻擊和我所知的姊姊的動作很相似，所以我化解攻擊、閃躲、抓出破綻。

「又來了。」

應該確實砍中了，影子卻毫髮無傷。

在這之後，我好幾次砍中影子，但結果都相同，就好像面對斬也斬不斷的亡靈。

我想不到方法。很多次我自認贏了，影子卻不曾倒下。

影子大概也理解了我的驚慌，抓準機會朝我逼近，連連出刀斬向我。就在她踢飛的石子擦過我的臉頰時，利刃割破我的衣角。

不知不覺間已經陷入劣勢。面對壓倒性的連擊，光是防禦都得耗盡全力。

啊啊，結果總是這樣。無論我再怎麼努力，姊姊總是走在我前面，另外還有莫妮卡會長，更遙遠之處還有毬乃學園長。

紫苑與芙蘭與我並駕齊驅，瀧音和琉迪從後方快速追來，他們都擁有其他人無法取代的才華。

為什麼姊姊會說我能成為第一？我無法理解。

啊啊，之前薙刀有這麼重嗎？

影子看起來有這麼大嗎？

影子看著我，不知為何放下了刀。也許她已經判斷我是不值得戰鬥的對手了？確實現在的我根本沒有……

「學姊！」

不知何時，瀧音出現在我轉移抵達的這個地方。他呼喚著我，但是沒有多說，也沒有自原地離開半步。

他只是投以欲言又止的眼神。不，不用說我也明白，他相信我。

那份根據究竟源自何處？

我看著瀧音的臉，回想起他對我說的話。

『請相信我。萬一學姊真的出事了，我會照顧學姊一輩子，所以就算要故意輸掉也無所謂，請拿出全力挑戰。』

「哈哈哈！」

明明正與姊姊對峙，我卻忍不住笑了，不由得呢喃：

「真是笨蛋。簡直像戀愛小說中會出現的陳腐台詞啊。」

但是，究竟是為什麼？

力量為何這樣不斷湧現？

我直視眼前的影子。那道影子是我的姊姊，是我無法超越的姊姊。然而這一切都是過去式。

現在有人正注視著我。不惜放棄自己的評價也不停止挑戰的瀧音就在身旁看著我。

直到剛才都屈居下風，但是不知為何，我完全沒有會輸的感覺。取而代之的是絕不能在此洩氣的想法。

瀧音剛才說過，有些人的對手特別簡單，有些人的特別難。那會不會就是這場戰鬥的提示？

我突然想到，這場戰鬥是不是受到取勝的意志力影響？因為我把姊姊視作無法跨越的高牆，我才會無法打倒影子？

我從來沒聽說過有這種怪物，然而也許只是我沒聽說過，這種怪物還是有可能存在吧。迷宮充滿了不可思議，不管發生什麼事都沒什麼好奇怪的。

那麼我該怎麼做才對？我必須認為自己能夠戰勝。但是我真能贏過姊姊嗎？

突然間，姊姊說過的話浮現心頭。

『雪音，雖然大家都說我是天才，但我終究是個人。雪音也一樣……』

沒錯，就是這樣。姊姊是天才，但也是個人。然而……

「我也同樣是人。」

既然同樣是人，就沒有不可能超越的道理。

拿出我的全力吧。

如果真的失敗了，就請瀧音負起責任。啊，這聽起來也滿有趣的。

「鈴音姊，儘管妳已經死了，我還是一直修行至今，不斷磨練自己的技術。」

就讓姊姊見識看看吧。讓瀧音親眼見證，這就是我走過的路，這就是我的招式。

仔細看著，這就是現在的我，現在的水守雪音。

原本看起來陷入劣勢的學姊瞄了我一眼，之後便轉守為攻，看起來可說是戲劇性的大逆轉。

看在某些人眼中，也許像是平分秋色。

水守鈴音的攻擊次數比較多，但學姊從容不迫地一一閃避。

她大概已經看穿攻擊了。影子不管怎麼出招，都不可能擊中學姊。我有這種感覺。

「喝！」

這次輪到學姊揮出薙刀，那刀刃肯定斬斷了黑影。然而黑影立刻使身軀連結，揮動武器攻擊。

我大為訝異，學姊卻像是發現勁敵般笑了。

夾帶著假動作，刀光奔馳。

敵人一瞬間被薙刀劈斷，但身體再度結合。雖然被學姊的魔法擊中，看起來也像毫髮無傷。

儘管如此，學姊還是在笑。對方的強度深不可測，不過學姊毫無退縮的意圖。

於是學姊揮舞薙刀。

不知為何與過去的斬擊截然不同。該說每一招都暗藏著強韌的精神嗎？感覺有所改變了，魄力也大為不同。

學姊的斬擊深深烙印在腦海。在我看來，那絕非區區斬擊。

那斬擊要稱為藝術也不為過。

重劈、上挑、突刺。閃躲、招架、格檔。

也許有人看了學姊的動作會覺得有如舞蹈，但是在我眼中，不認為是舞蹈。

學姊像是正用她的全身與薙刀畫出一幅幅的畫。

每一個動作都那樣美麗。如果能像拍照一樣保存每一個瞬間，肯定每一幅都美得有如出自巨匠之筆。

學姊將薙刀自下方往上抽，彈開水守鈴音的武器時，學姊對我說過的話突然浮現腦海。

『不分刀劍或薙刀，「心」就寄宿於斬擊之中。』

也許真的是如此。那道刀光確實體現了「心」。

學姊澄淨的「心」，耿直得近乎愚昧的「心」，確實寄宿於斬擊之中。

明明是那樣單純卻又雄渾剛猛，而且帶著澄澈的美感。當薙刀奔馳而過，殘影有如餘韻般蕩漾。

那剛猛強勁又美麗絕倫的斬擊就彷彿……

「是龍。那斬擊之中……藏著龍。」

令我完全為之陶醉。

我也想使出像學姊那樣美麗的斬擊，但是我有辦法那樣揮刀嗎？

我已經無法想像學姊在這場戰鬥中敗北的可能性。

而學姊在戰鬥之中將視線自對手身上挪向我。只是短短一瞬間，然而我明白了學姊的意思。

「好好看著」。

學姊面露肅殺表情瞪向前方的影子，令魔力環繞全身。隨後逼近影子，將薙刀當頭劈落的同時，那招式隨之展現。

眼前情景讓我倒抽一口氣。

我清楚感覺到心臟撲通狂跳，熾熱的感覺自眼眶湧現。當人親眼目睹那種藝術，這也是正常的反應吧？

那是一次又一次肉眼無法捕捉的斬擊，而每道刀光看起來都有龍寄宿其中。

啊啊，學姊已經學會了啊。在這個當下已經學會那一招了。

不會錯，那身影正是我為之傾心的三強之一，水龍妃。

「技」之水守雪音。

眼前這招最終將演化為讓水守雪音躋身魔探三強的奧義。

這一招名叫——九頭龍。

第七章 關懷的形狀

Magical Explorer

Reincarnated as a Eroge Hero's Friend, I'll live freely with my Eroge knowledge.

最近常有人說我心不在焉，我覺得這應該是事實。

不久後就要挑戰迷宮，那條龍卻停留在腦海中揮之不去。

自從目睹學姊那一招，任何契機都會讓那一幕在我的腦海重新播放，對空揮練習似乎也造成了影響，使得學姊對我投以有些不悅的視線。

一邊發呆一邊回憶那道刀光的日子越來越多，大概是因為持續了好幾天，讓人無法忍受了，我接到了放學後能否見一面的邀約。

哎，反正為了準備攻略迷宮，我本來就必須到學園一趟。

「明明很久沒來學園了耶。」

果然還是飽受注目。

「如果是受到女性興奮的聲援或是被別人用憧憬的目光注視，那還另當別論。」

「主人請放心，來自異性的聲援，我已經事先全數隔絕了。」

「我最想要的聲援不見了啊。」

「不，這一類的聲援打從一開始就完全感覺不到，但我認為您發現了也許會傷心，因此剛才故意那樣說。」

「妳現在連那一點點的可能性都否定了耶。」

哎，我也知道。這才是現實。

「不過，您可以別這麼想，儘管沉浸在優越感之中。」

「沉浸在優越感之中？」

「請您試想，在您身旁服侍您的人是誰？」

這時我將視線轉向奈奈美。她俐落地轉了一圈，在我面前行了一個屈膝禮。

「沒錯，正是如此，女僕中的女僕。有這般美少女女僕為您盡心盡力，就別在意這些了吧？」

我不由得笑了。

「況且至少有琉迪小姐與雪音小姐、我、初實小姐、克拉利絲小姐以及我本人都知道主人的努力，想必大家都在為您打氣吧。」

「…………確實已經很夠了。」

雖然有個人自我主張特別強烈，但那同樣令我欣喜。

「此外，卡托麗娜小姐與伊織先生，還有橘子頭先生等同學都站在主人這一邊。」

「感覺真的很開心。」

之後我們兩人走在校園內，輕盈飄動的粉紅髮絲映入眼簾。我是打算去見學姊，但畢竟很久沒見面了，我決定打聲招呼。

「妳好，路易賈老師。」

老師身體猛然一顫，緩緩把臉轉向我這邊。

「嗚、嗚嗚……」

老師原本露出緊繃的笑容，最後像是放棄掙扎，倏地變成哀傷的表情。

「那個，請問有什麼事？呃，我算是已經有覺悟了……」

什麼覺悟啊？我啞然無語時，老師接著說：

「那個，我是第一次……」

「真是了不起的覺悟，今天就特別准許妳靠近主人身旁。」

「妳們兩個突然在講什麼東西？」

奈奈美就算了，路易賈老師也別這樣突然自爆好不好？況且我本來就知道所有登場女角都不例外。我記得老師的狀況是因為初戀對象過去曾有男友，讓她對此態度消極，想必就各方面來說都很震驚吧……我也覺得老師很可憐。

「請儘管放心，主人。我很明白主人想說些什麼，這裡就請交給奈奈美。」

「除了不安還是不安。」

奈奈美擺手制止我，走向路易賈老師面前。

「路易賈小姐，主人說他希望循序漸進加深關係，因此想從枕大腿開始。」

「咦？呃，只是這樣的話……」

這樣真的好嗎？反正附近也沒別人，既然如此我也不會拒絕！

「那個，瀧音，我問一下喔……我對這個女生沒印象耶。」

老師看著奈奈美，一臉納悶地問道。

就是說嘛，穿著女僕裝大搖大擺走在校園的人，我也同樣從來沒見過。雖然有人穿和服就是了。這座學園是怎麼回事……？

「這個嘛，是最近才入學的學生。」

「咦咦？最近？呃，我完全不知情耶……」

因為最高掌權者（毬乃小姐）已經放行了，沒問題吧？應該吧。哎，這話題就隨便帶過好了。

「好一陣子沒見面，在那之後狀況怎麼樣了？」

老師的表情倏地轉為開朗。

「就是說啊，最近生活變得比較寬裕，也不會再接到討債的電話了。對了，我有個請求……」

老師伸手按住桃紅色髮絲，羞赧又忸怩地笑著。

「請求？」

「那個……能不能增加我的零用錢…………」

我知道奈奈美的臉頰頓時抽搐了一下。當然會驚訝吧，居然有教師向學生要求增加零用錢。

「可以是可以，但妳打算用來做什麼？」

現在路易賈老師的收入採取零用錢制，來自學園的薪水不會匯到老師的戶頭，而是匯進我的戶頭。我從中扣除償還負債的款項與水電費後，將准許使用的額度匯入老師的戶頭。我透過網路轉帳的時候，時想問自己為何在做這種事。

「就是那個，因為有種聽說睡起來很舒服的枕頭，現在只要……」

「嗯，不准。奈奈美，我們走。」

「等一下，你想去哪裡啦！」

我只是覺得再聽下去也只是浪費時間。

「求求你，只要一點點就好，聽說只有現在才能買到耶！」

「啊～～好好好。安眠枕是吧？有便宜的能買，挑那個就好了吧。之後我會送到妳那邊。」

只要在網路上訂貨，送到老師家就行了吧。

「那樣不行啦！一定要現在馬上買！」

根本是詐欺手法！

「沒有什麼不行，而且我給的零用錢已經很夠了吧？」

老師用手把玩著頭髮，輕吐舌尖。

「因為人家說有套很棒的棉被……我已經花光了……」

很可愛但不能退讓。

「馬上退貨。」

我一面想甩開死抱著我不放的老師，一面前往和學姊約好的地方。學姊已經到了，坐在座位上的她啞口無言地看著我。

「啊，學姊，不好意思……我來晚了。」

「喔、喔喔，只是我太早來而已，時間是剛好……」

學姊有些驚慌。哎，理由我也懂，但妳到底要死抓著我多久啊！就算用披肩推開老師，還是照樣貼上來～

「學姊，請問現在這狀況看起來是什麼情境？」

「像是外遇被抓到的妻子抱住丈夫苦苦哀求『不想離婚』。」

是肥皂劇嗎？明天絕對會傳出謠言吧。

「原來如此，那麼這樣就對了吧？」

奈奈美如此說著，從老師的相反方向抱住我。爭奪男人的二人組完成了。就是那個知名作品對吧？慘白的相簿系列或是校園時光吧？

總之就是肥皂劇。我甩開兩人，把路易賈老師交給奈奈美處置後低下頭。

「不好意思，亂糟糟的。」

「不、不會。雖然我嚇到了，不過沒關係。」

這時我看向奈奈美，她不知正和路易賈老師說些什麼。也不知道發生了什麼事，只見奈奈美向學姊使了個眼神，就帶著老師離去。

「咳。」

像是為了重整氣氛，學姊清了喉嚨後說道：

「話、話說明天就要考試了，你不是正準備要動身？」

嗯？我一時愣住說不出話。

喔喔，原來是為了這件事找我。

「是啊，我會去。不過這件事我原本只打算告訴毬乃小姐和奈奈美就是了……」

我明明就說過，因為可能害人擔心，希望毬乃小姐盡可能不要告訴別人，但她隔天就說出去了啊……

「這樣啊，呵呵。你真的要去啊。」

「是啊，是真的。而且我今天來學園也是為了準備。」

想要的東西已經確實取得了。為挑戰月詠學園迷宮所需的一切……幾乎都到手了。

學姊發自內心覺得滑稽般哈哈大笑。

「你誇張的程度已經超越傻眼，來到讓人尊敬的地步了……對了。」

語畢，學姊從制服口袋取出綠色小布包，把手伸到裡面，不知拿出了什麼。隨後她靠到我身旁。

來到彼此距離一步之遙，學姊神色羞怯，用手將烏黑長髮輕輕撥向耳邊。學姊白皙又飽滿的臉頰、輪廓如月弧的耳朵暴露在我眼前。

她對我投出的溫柔眼神就像看著剛誕生的動物，嘻嘻輕笑。

「手伸出來。」

我伸出手後，學姊將她從布包中取出的東西放在我掌心，緊接著用自己的雙手溫柔地包住我的手。

「雖然嘴上說得輕鬆，你想做的事情簡直異於常理，而且難度非常高。」

「會嗎？」

「你看，你現在的語氣不就很輕浮？那裡可不是那種地方，你想做的事情艱難得超乎想像喔。」

「沒有啦，當然我也覺得會很辛苦，同時也認為應該能辦到。況且，如果這點小事都辦不到，大概就無法成為世界最強吧。」

辛苦這部分不會錯，迷宮後半更是如此。

「你以為是小事啊？單論戰鬥我也許能辦到，但就時間上來說不可能。大概是莫妮卡學生會長那種等級才有機會的難度。」

學姊抹去臉上的笑容，用認真的表情盯著我。

「坦白說，我也想跟你一起去。希望你能帶我去。」

我當然也想帶學姊一起去。不管是學姊、琉迪或奈奈美，我想帶所有人一起去，但是這次無論如何都不行。

「真傷腦筋，別露出這種表情。你有理由對吧？我明白。」

學姊像是有些惋惜般緩緩抽回手。我在自己的手掌上看見一個護身符，上頭繡著眼熟的風景。

那風景描繪的是瀑布，小小的瀑布與承接瀑布的小溪。那片美麗的風景。

我們就是在那個瀑布底下初次邂逅。

瀑布其實位在私有地，知道那個地方的人恐怕寥寥無幾，會特地前往的人想必更少。正因如此，這絕非店面可買到的商品。

是手工製作的護身符。

「你也給了我不少。」

學姊如此說著，輕撫戴在右手無名指的戒指。

「像是物品或精神，再加上你給我的戒指，相比之下這個完全沒價值就是了。」

學姊面露羞赧的輕柔笑容這麼說道。我使勁握緊了護身符。

「學姊，真的沒有這回事。如果我在那五只戒指跟這護身符之間只能二選一，要我把戒指扔進火山口也在所不惜。」

戒指也許還算有點價值，不過對我而言，學姊不惜耗費寶貴的時間為我製作的這個護身符價值遠勝於戒指。

「哈哈，那樣太浪費了，傻瓜。不過，還是很謝謝你。」

我緩緩張開手掌，凝視著我剛才緊握的護身符。

「學姊，考試都快到了，這是在做什麼啦……妳都已經花時間陪我鍛鍊了，到底誰才是傻瓜啊？我真的很開心。」

這護身符做得相當用心，絕非短短一兩個小時就能完成。在考試前夕這樣的重要期間，不只陪我進迷宮和鍛鍊，甚至為我耗費這麼多功夫。

「瀧音……我會祈求你的成功。」

與奈奈美會合後，首先浮現心頭的想法是「奈奈美八成知道這件事」。奈奈美知道學姊似乎有些打算，才會幫忙把路易賈老師帶走吧。奈奈美真是貼心。

「我說奈奈美——」

所以我決定先開口。

「謝啦。」

「您指的究竟是什麼呢？對了，難道是指將奈奈美語音設定為月詠旅行家的鬧鐘音效？」

「難怪今天的鬧鐘聲音怪怪的。」

竟然錄了一段發情似的聲音，當時我還半夢半醒才能沒想太多就關掉鬧鐘，萬一在平常，我說不定無法強裝鎮定。

「不是這件事啦。妳剛才不是幫忙把路易賈老師帶走嗎？」

「噢……」

奈奈美突然望向遠方，隨後輕嘆一口氣。

「那真是千鈞一髮的戰鬥。如果再晚一點，恐怕棉被已經送到了吧。」

「真的太感謝了，辛苦妳了。」

那感覺我很能體會……之後還要改掉老師的電話號碼才行……

不過，這件事先擺一旁。

「也不是這個啦，妳應該原本就知道學姊剛才想做的事情吧？」

奈奈美大概是放棄繼續蒙混，輕聲呢喃後語氣平淡地開始說：

「坦誠以告，若您要問我事先知情與否，我確實事先就知情。但是我不知道她選在今天。」

所以說，在剛才妳們視線交會的時候察覺了？

「……主人，不好意思，可以占用您一點時間嗎？」

用不著說什麼不好意思，奈奈美想要多少時間，我都可以大方給她。

我和奈奈美就這麼走進轉移魔法陣。

月詠魔法學園廣大到無法置信的程度，除了校舍聳立的地方，還有許多體育館般的訓練場和研究所，以及通往迷宮的入口等設施。雖然可以透過轉移魔法陣前往這些地點，也有一些全無人蹤的場所。

我們轉移到的地點就是這種地方。我望著眼前的寬廣庭院，庭院中設置了數張長椅。話雖如此，這裡不只有我們兩個，還有一對看起來像情侶的男女。不過我們的說話聲應該不會被聽見，他們也不會在意我們吧。

「真是個不錯的地方啊。」

奈奈美點頭。

「大致上贊同，不過缺點在於容易遭到狙擊……」

「這裡是戰場喔？看來我們不知不覺間來到危險的地方啊。」

大多數的場所應該都很危險，我反倒想問哪些地方不危險了。

「請儘管放心。只要有我在，在遭受狙擊之前先消滅對方也絕非不可能。」

「妳大可放心，不會被狙擊。」

這學園的治安應該不至於那麼差吧……大概吧？

「開開玩笑是沒關係，進入正題吧？」

我這麼說，奈奈美便呢喃：「說的也是。」

「真是拿您沒辦法。」

「是妳找我來的，這什麼態度啦。」

「是的，只是開玩笑，當然只是玩笑。但是聰穎的主人也許已經理解我的意思。」

儘管她這麼說，然而最近實在太忙了，我想不到是哪件事。

「……那我就給個提示吧。關鍵字是『主人』和『魯莽』。」

「該不會……妳是指明天的事？」

為了明天挑戰月詠學園迷宮，我今天來到學園內的商店添購道具。奈奈美理所當然般跟著一起來，還協助我購物。關於我明天開始要挑戰的迷宮，我也向她粗略解釋過。

把這些要素加起來，答案便呼之欲出。

「真不愧是主人。您猜對了，明天早餐就是奈奈美特製滿漢全席。」

「嗯，看來八竿子打不著。」

到底是怎麼回事啦。

「當然這也是玩笑話。就如您所想的，是關於迷宮。」

語畢，奈奈美輕嘆一聲。

「原本我就算死纏爛打也要與您同行……但這次我會放棄。不過，您一個人在迷宮裡有時也會突然感到寂寞吧？因此，雖然我也不願意，請把這個隨身帶著。」

話說完，奈奈美就把手伸進自己的胸部之間，取出某物。

我現在也許露出了無法見人的怪異表情，接過還帶著肌膚溫度的東西，直盯著瞧。

奈奈美給我的是護身符。

畫在上頭的女僕纏著一條特別長的圍巾。

「說到瀧音幸助主人就會想到奈奈美。」

原來如此，所以才選女僕啊。

「雪音小姐說她要做，因此我也準備了。要現在就裝備嗎？」

「呵呵，這種講法聽起來好像遊戲。」

「裝備可提升全能力喔。」

「真的是遊戲喔？」

我忍不住笑。

「啊～～真是的……超開心的，我開心的程度妳大概沒辦法想像喔。」

我輕輕握住護身符，壓在自己胸口。奈奈美居然也做了這麼費功夫的東西……

「我當然現在就要裝備，一輩子都不會拆下來，給我做好心理準備。」

我這麼說似乎讓奈奈美萬分震驚，只見她睜大了雙眼。

「呃，那個，我沒想過您會開心成這樣。能夠聽到您這麼說……」

奈奈美說著面露溫柔笑容。

「我也非常高興。」

見到她柔和的美好笑容，我不由得看呆了。我重新認知到奈奈美果真是天使，當然不只是因為她的種族。

「我說奈奈美，結束這次的迷宮攻略後，我還有很多迷宮想去。」

我說到這邊打住，盯著奈奈美的眼睛。她那左右異色的雙眸眨也不眨，直視著我。

「妳願意繼續跟著我嗎？」

「您這種說法……並不正確。」

語畢，奈奈美搖頭。

「您該說的不是『願意繼續跟著我嗎』，而是『繼續跟隨我』。無論天涯海角我都會追隨到底，也希望您這麼說。」

「……我懂了。奈奈美，我要妳繼續跟隨我。」

「悉聽尊便，吾主。」

沒有事先做好準備就會心神不寧究竟是我長到多大之後的事了？國小時出發前臨時準備也沒關係；在國高中時代，教科書和字典總是放在學校，書包裡裝的都是漫畫、遊戲或零食。大概是成長為大人之後吧？我總是會事先做好準備。

「大概都帶齊了吧？」

剩下的只有食物而已，除此之外的行李都裝進去了，但多次元收納袋（道具箱）看起來沒有膨脹，拿起來也不覺得變重，簡直莫名其妙。豈止是物流改良，會引發物流革命啊。不過，性能這麼高的收納袋價格也昂貴得足以讓人眼珠子蹦出來。

在第一輪遊戲明明要那樣拚命賺錢，在這世界卻只要向毬乃小姐開口就有，這個家庭的金錢觀太奇怪了吧？

我這麼想著，把行李擺到書桌上的時候，房門傳來叩叩叩的敲門聲。我說「請進」之後，琉迪走進我房間。

雖然是我的房間，但她也已經很熟悉了吧。她一走進來，立刻就坐到我的床上，把我房間的守護神兼抱枕——殺人鯨玩偶瑪麗安娜放在自己的大腿上，隨後用雙臂緊緊抱住。

我說瑪麗安娜，那個地方感覺如何？舒服嗎？可不可以告訴我感想？其實我想交換位子。

「欸，明天就要考試了吧？」

「嗯，對啊。」

「你真的要去？」

「當然啊，我就是為了去才一直準備到現在。」

為了攻略四十層，我做了特殊的訓練，也事先準備了道具。況且我本來就是為了準備才到學園一趟。哎，見學姊一面也是理由之一啦。

「是喔？這樣啊，說的也是。」

她這麼說著，抓住瑪麗安娜的胸鰭不停拍打晃動。

「明天一大早就要出門？」

「沒有，我明天想把步調放慢，確實清點過行李後再出門。」

「是喔。」

「……欸，怎麼了嗎，琉迪？」

今天的琉迪感覺不太對勁。

「最近這陣子……我是不是一直給你添麻煩？」

「有嗎？」

完全想不起來有這回事。

「就是有。」

琉迪說著抓住瑪麗安娜的背鰭，擺在大腿上。那個位置我也想躺看看。

「所以，之前你找我幫忙，跟你去迷宮那次我很高興。我覺得能還你一些人情。」

哎，那次很難為情就是了。她小聲地補上這句話後，豎起瑪麗安娜擋住自己的臉。

迷宮啊？那個迷宮需要內褲……唔！

「不要回想起來！」

「抱、抱歉。」

「……結果，攻破迷宮之後，有個笨蛋居然把看起來最有價值的寶物都分給我們。原本以為能還人情，結果這下子又欠更多了。」

她從瑪麗安娜的臉旁邊露出半張臉，直瞪著我。

「我不是笨，那是合理的選擇吧？既然有人比我更能有效利用，就該交給那個人使用最好。」

「就算這樣也沒必要用送的吧。」

語畢，她的視線往下飄。她的右手上確實戴著那只戒指。

「那是我想給的，完全沒有後悔，而且妳應該也能好好發揮，更重要的是妳很適合綠色。」

「討厭……」

琉迪臉頰微微發紅，把拿在手中的瑪麗安娜扔向我。我穩穩接住後，摸著瑪麗安娜溫暖的頭，坐到琉迪身旁。

「……欸，幸助，我這個人在不在都沒差嗎？」

「怎麼突然講這種話……沒有妳不行啊。」

「在月詠學園迷宮也一樣？」

「……有件事我非得一個人辦到，所以唯獨這次希望妳讓我自己去。可是，在那之後我一個人絕對沒辦法突破。」

第二輪的伊織、學姊和學生會長肯定能輕易辦到吧，然而只有獨門（偏門）性能的我大概不行。正因如此——

「到時候可以跟我一起去嗎？」

「這種事還用問嗎……」

這時琉迪把手伸進口袋，用手肘頂了我一下。

「幸助，手。」

「嗯？」

「手伸出來。」

我放開瑪麗安娜，把手伸到琉迪面前。於是琉迪在我手中放了個東西。

那是和學姊同樣形狀的護身符，在樸素布料上畫著四葉幸運草。

「我問了雪音學姊，她說要給你一個和國的護身符……我和奈奈美就一起拜託她，請她教我們怎麼做。」

「……難怪最近學姊常常待在這個家。」

我之前就覺得納悶，待在這裡的頻率變高了，大概每三天就有一天會來，那個房間已經快變成學姊專用的房間了。不過她待在這邊我也開心，在訓練上也受到很多幫助。

「對不起，和雪音學姊跟奈奈美的相比，做得很爛吧？」

聽她這麼一說，我仔細看了護身符。

「……和學姊她們的相比也許比較粗糙，但手藝好不好根本不重要，對我來說寶貴的程度不分上下。謝謝妳。」

琉迪擔心我而為我做的，光是這樣就已經是寶物了。

「嗯……」

琉迪說完又沉默了好半晌，最後——

「唉，真是的。為什麼要堅持一個人去啦……」

她如此嘀咕。

「只有這一次啦。」

「我知道。雖然知道，但就是無法接受。啊～～受不了。我說真的，要一個人亂來，下不為例喔。」

「我知道。下次我會找妳。」

看著氣呼呼的琉迪，我不由得苦笑。她似乎還沒氣消，不過我只能讓她接受。

「……欸，幸助，你站起來一下，背對我。」

嗯？要幹嘛？我感到納悶，但還是站起身背對她。

就在下一瞬間，溫暖又柔軟的觸感突然壓在我背上。

琉迪從我背後緊緊抱住我。她纖瘦的雙臂圈住我的腹部，相當使勁地抱著我。

「……幸助。」

「什麼事？」

「車站附近好像新開了一間拉麵店……要請我吃喔。」

「嗯，小事一樁。」

如果這樣就能讓她放我一馬，那也很值得。

我伸出手蓋在她圈著我的手背上。

「……幸助。」

「怎樣？」

「加油。」

「……我會的。」

月詠學園迷宮初次開放是在考試開始的今天。學科測驗一共四天，實技測驗一天，一共五天就會全部結束。而分數計算要花兩天，至此合計七天，公布考試結果則是在第八天。

如果我想拿到學年第一名，就必須在開放月詠學園迷宮的今天算起，大概七天內攻破第四十層。毬乃小姐已經對我保證，雖然時間很吃緊，如果能在第八天早晨前搞定一切，就確定能奪得學年第一名。另外，她也說如果只是要拿到學年第一名，攻破二十層就夠了。

言歸正傳，遊戲版的魔探當中，伊織隻身衝進迷宮，一面前進一面打倒迎面出現的部分敵人，耗費遊戲內四天的時間就能攻破四十層。不過這是第二輪遊戲之後的伊織或是ＲＴＡ的伊織，無論如何都不是瀧音幸助。

考慮到這樣的條件，再加上本次的目標是六天，為了避免時間太過緊迫，我的預訂目標不是七天，而是六天，預留應變時間。

只要在這段期間攻破四十層，自然就能成為學年第一名吧。

假設攻略期間超過七天，我也不應該先返回出口，而是朝四十層前進。第一次就直通四十層的恩惠就是這麼大。不過這樣一來，我就無法當上學年第一名。

其實學年第一名也有數項益處。

第一，可以拿到月詠點數和特別的道具。

如果和遊戲中相同，只要考試奪得優秀成績，就能向學園領到還不錯的道具才對。此外也能拿到大量的月詠點數。

不過對我個人而言，那些道具或點數與另一項益處相比，只是不值一哂的渣滓。

第二，就是加入三會（學生會、風紀會、式部會）。加入三會的最快手段，就是在最初的考試奪得第一名。這樣一來，對方就會主動來邀請我加入……應該會吧？不會無視我吧？

加入三會非常重要，不只能推展許多劇情事件，也能著手攻略那個迷宮，更重要的是有機會與三會旗下的成員們交流。不過那些劇情事件，我打算大部分都交給日後同樣會加入三會的伊織去解決。嗯，要是他真的忙不過來，要我出手幫忙倒也不是不行……如果他來拜託我，我、我也很樂意幫他啦……

不過，若和初次單人攻略的獎品相比，就連加入三會的權利也相形失色。

哎，畢竟是相當稀有的東西，有這種感想也很正常。因為那一般不會在遊戲第一輪就挑戰，而是第二輪的玩家才會去拿。

我揍飛附近的魚布林後，也沒確認是否真的擊倒，只管往前方推進。

我已經來到第二層終點。因為這層樓在每輪遊戲都只會來一次，對地圖的記憶相當粗略，不過出乎意料地順利。

「已經到下一層了啊，進度滿快的。」

因為事先找毬乃小姐關說，進入月詠學園迷宮時沒有人阻撓我，而且目前為止地圖也與記憶相符，簡直是一帆風順。

「之後要擔心的就是……下一層吧。」

攻略四十層可能失敗的原因之一就在於地圖。如果地圖都與記憶相符，我就能走最短路線前往下一層，可以大幅縮短時間。反過來說，如果地圖與記憶不符，或者是我根本忘了地圖，那就得做好心理準備，耗費大量時間找遍整個樓層吧。

目前為止還與記憶相符，但我現在步入通往下一層的魔法陣之後，映入眼簾的景物會決定心頭上另一個擔憂是否會消失。

走出階層移動的魔法陣，出現在眼前的景色和上一層相同，是紅磚堆砌而成的房間。我立刻衝了出去，在足以讓七八人並肩而行的寬敞通道上前進。

我很快就發現了我要找的身影。

「好～～～耶～～～！哥布林！啊啊，真是太讚了！愛死你了。」

「咕、咕噗？」

也許是被突兀的熱情告白嚇到，或是因為我突然衝出來而吃驚，哥布林顯得手足無措。我用第三隻手瞄準那傢伙的腹部，用力揍飛牠，踩過牠的身軀繼續向前。

高興過頭讓我不由得告白了耶。看來登場怪物和記憶中一致。

我最擔心的就是登場的怪物，既然連怪物都相同——

「從第一到第十層，就只是一趟長程慢跑。」

敵人很弱，經驗值超少，戰利品都是垃圾，寶箱也不曉得是否存在，就算有也派不上用場。那麼在這附近的樓層，該怎麼辦才好？

抵達第十層頭目之前的敵人都可以跳過吧。

「按照這個步調，一天就可以過十層啊……而且也有充分的睡眠時間，也許應該加快步調進行攻略？」

我一面思索一面奔跑，發現了看向我的哥布林。

他充滿殺意，但因為有段距離，我置之不理逕自向前。

「好累……但是來到第十層了……！」

第十層的頭目是先前交手過的那種長著枯葉的木魔偶。然而幾個星期前還另當別論，對現在的我而言只是個木偶。我甚至沒用上火系陣刻魔石來針對它的弱點，完全當成沙包毆打。

比起頭目戰，反倒是長跑比較累人。我真沒想過每天慢跑的成果會在這種時候發揮，原本只是單純為了增強耐力。

第一天還有些剩餘時間，不過還要好一段距離才能抵達沒有怪物的安全區域。

現在應該繼續前進嗎？

不，還是打消念頭吧。畢竟我設計行程時本來就預留了一天緩衝，萬一急著前進而犯下失誤，因此被迫撤退，初次挑戰就攻破四十層的計畫就會煙消雲散。

唯獨這種結果無論如何都要避免。

「如果是可以重開遊戲的ＲＴＡ（競速比賽），我就會硬衝吧。」

我開始準備床鋪。話雖如此，也只有一個簡易的睡袋。

聽人家說，有人曾在月詠學園迷宮紮營住一晚，但好像從來沒有人在裡頭住一整個星期。不過這也是當然的結果。因為每隔十層就有往返用的轉移魔法陣，為什麼要特意住在迷宮裡？當然是跟瑪麗安娜同床共枕比較舒服……不過最近有時早上醒來會發現身旁不是瑪麗安娜，而是姊姊或奈奈美，真的會嚇死人。

在迷宮裡頭住滿六七天，就會被稱作迷宮之主嗎？不，短短六七天應該還不夠吧？言歸正傳，簡易的床鋪完成了，剩下就是用餐。我跳過午餐一直慢跑到現在，當然已經餓壞了，一定要吃飽加睡飽，維持身體狀態才行。

我取出了奈奈美和姊姊給我的便當。

奈奈美把便當給我的時候說：「這是我為主人做的，並沒有誤會。」讓我不知該如何反應；姊姊則是只說了聲「嗯」。兩個人似乎都起了個大早，特地為我下廚。

我拿到的兩個盒子中都裝著三明治。

因為原本預定要在中午用餐，再加上考慮到方便在任何場所食用，兩人才會都幫我做三明治吧。不過因為中午肚子還不餓，用餐時間一直往後延，結果就變成了晚餐。

我拿起的盒子中裝著簡單但看起來相當美味的雞蛋三明治。這是奈奈美給我的。

三明治的中心夾著切成四分之一的半熟雞蛋，大概仔細計算過水煮的時間，蛋黃還有幾分紅潤。四周則鋪滿了大量的雞蛋沙拉，夾在裡頭的生菜新鮮翠綠。超豪華的雞蛋三明治啊，看起來亂好吃的！

我懷著雀躍的心情掀開姊姊給我的盒子。

於是我嚇得猛然後仰。

外觀看起來是很好吃沒錯啦。

裡頭夾著赤紅醬料和新鮮生菜，看起來只是單純加了辣椒醬，帶有辣味的三明治。光看外觀的話是這樣沒錯。

因為我還沒吃，這只是猜測，不過這醬料絕不是那種簡單貨色。我戰戰兢兢地把臉湊向三明治。

……等等，不會吧？為什麼啊？

為何三明治會傳出這麼強烈的提神飲料的氣味，我實在無法理解。完全沒有辛辣的氣味，聞起來就是提神飲料。

總之我先拿起奈奈美的雞蛋三明治。

「嗯，好吃。」

鬆軟的雞蛋沙拉、鹽味適中的半熟蛋，再加上新鮮的蔬菜在口中混合，譜出教人感動的協奏曲。我不由得再拿一個，一個接一個，很快就把雞蛋三明治全部吃光。

呼～～我深呼吸，接著看向旁邊，神奇三明治一直散發濃烈的提神飲料味。

若現在眼前出現選項，那就是「吃」、「Eat」、「Yes」，沒有不吃這個選項。

那個早上老是爬不起來的姊姊今天為了我，特地早起做了三明治。她都引發這般奇蹟了，這個三明治我當然會吃。雖然會吃……

我用顫抖的手抓起三明治。和奈奈美的雞蛋三明治相比，吐司摸起來異常地軟。看起來還不算太糟糕。按照常理來說，那只是美味的辣醬，但是味道聞起來像提神飲料。氣味與外觀之間的反差令我戰慄。

反差……反差？我為何要害怕反差？

如果看起來像不良少女的大姊姊其實私底下賢慧又傲嬌，這種反差很有破壞力對吧？平常總是帥氣且可靠無比的大姊姊，一和戀愛扯上關係就變得像棉花糖一樣軟綿綿，這種反差會把人迷得神魂顛倒吧？

這個三明治也是同樣道理。

雖然我完〜〜完全全搞不懂哪些要素相同，但不這麼想就無法下嚥。

我下定決心，張嘴咬向姊姊的三明治。

真是清爽無比的早晨。明明在沒有天空、沒有窗戶，而且不太通風的迷宮裡，這份清爽的感覺究竟是怎麼回事？

這時我突然看向自己，簡直像遭人上下其手，服裝凌亂不堪。衣襟敞開，大方袒露我的胸口，衣物各處也都掀起或翻開。這狀態宛如型男演員在雜誌封面展現衣物凌亂的性感身影。

我一面重整儀容一面看向身旁，擺著裡頭空無一物的盒子。

嗯？這盒子原本裝著什麼東西？話說其中一個盒子裡飄著濃烈的提神飲料味耶。

我用碼表和時鐘軟體確認時間，輕嘆一口氣。

昨天到底發生了什麼事？

我只確定一件事，那就是疲勞已經飛到九霄雲外。而且不知道為什麼，我的身體充滿了莫名其妙的幹勁。

雖然想不起來發生過什麼事，就別管了。

好，該出發了。今天的目標是二十層！維持當下的幹勁，一口氣向前推進吧！能趕路的時候就只有現在了。

……因為一過了二十層，接下來只會越來越辛苦。

我認為從十一層到二十層為止的路途不算太艱辛，怪物強度和「暗影遺跡（內褲迷宮）」或我殺烏龜賺經驗值的迷宮相近吧。不過從第十一層開始，就會出現無論如何都無法閃避，一定要事先預備對策的問題。那就是——

「馬上就找到了……果然事先在『暗影遺跡』拿到戒指是正確選擇。」

我一腳跳過眼前的陷阱後，隨手拾起石子扔出去。於是那個位置旁邊突然傳出「喀嚓」的機關啟動聲，一旁的牆壁突然出現樹幹，自我眼前橫掃而過，彷彿那裡根本就沒有牆壁。

這是在地球上絕不可能發生的超自然現象。不過奈奈美說這很正常，迷宮中的世界本來就不符常識，陷阱也不例外，這一點我必須時時放在心上。

我伸手輕撫老舊的戒指。

哎呀～～多虧我不畏毀損自己形象而取得這戒指，現在一切都有了回報。要是沒有這只戒指，要單挑四十層只是痴人說夢。

不過戒指的效果只發揮到第四十層，第四十一層起就會出現中階陷阱，憑這只戒指無法識破。這次只要攻略四十層，所以還沒問題，之後就得請奈奈美努力了。不過又希望有人誤中色情陷阱……這是什麼矛盾？

第十一層起出現的怪物和第十層為止的怪物截然不同。這些傢伙到了第十五層也會全面換新，不過其中有種特別麻煩的怪物，而且現在正好就出現在眼前。

現身的那傢伙長著一顆狗頭。

張著的嘴旁垂掛著一條舌頭，舌頭旁可看見尖銳的牙齒。此外，手中握著好像原始人會用的棍棒，但是看那瘦巴巴的身軀，就算被敲中也不至於太痛吧。

在這個世界是第一次見到，這傢伙就是在形形色色的奇幻故事中登場的狗頭人吧。

狗頭人一般都被當作嘍囉看待，在魔探裡也同樣是路邊小怪。

那麼棘手之處在哪裡？答案就是速度。

牠們的速度不算慢。狗頭人就像是把能力點在速度上，因此力量貧弱的角色。要打倒是很簡單，趁牠攻擊過來的時候用第三隻手防禦，趁機用第四隻手毆打，或是施展拔刀術就收工。雖說速度較快，和克拉利絲小姐或學姊相比，根本不值一提。

不過以逃走為前提時，問題就大了。

狗頭人這種生物跑起來不慢，耳朵靈敏且懂得追尋氣味，因此非常難逃走。但是要特地一一擊倒又很麻煩……

眼前的狗頭人手持棍棒，正在觀察我的動靜。

狗頭人也有智慧，不會一股腦進攻，會等有破綻的時機再出手。然而如果我主動發動攻擊，有時又會選擇逃命，甚至會佯裝逃走再從背後偷襲。

真是狡猾的怪物。

不過實際遇到還是第一次，這些幾乎都是學姊告訴我的知識，因此會不會從背後偷襲還不確定。但是學姊說的話我都會照單全收，肯定不會錯吧。

話說回來，這傢伙要和我對峙到什麼時候？

跟狗頭人大眼瞪小眼只是浪費時間。我立刻把手伸進口袋，取出預備好的陣刻魔石並注入魔力，隨後朝著狗頭人扔出去。

狗頭人輕易躲開，但因為我事先注入魔力，陣刻魔石在狗頭人身旁發動。

「————————！」

刺耳的高音充斥周遭。

狗頭人將獸耳摺疊起來使勁壓住，我趁機用第三隻手毆打，不理會魔素與魔石，繼續前進。

真棒，不愧是聲響陣刻魔石。在下級的陣刻魔石當中算是較便宜的種類，但是效果相當顯著。只要懂得活用，我覺得甚至比火、水、土、風的基本四屬性更加實用。

至於效果有多顯著，甚至能讓我打贏克拉利絲小姐，雖然她馬上就找出破解法，把我狠狠教訓了一頓。

「唉，這種陣刻魔石是很好用沒錯啦……」

有效、有益，但是要錢。儘管較便宜，陣刻魔石本來就要價不菲，金錢耗費無法忽視，況且要繼續深入迷宮還需要其他屬性的陣刻魔石。無法帶更多在身上實在遺憾。

如果花邑家不是那種慶祝入學就送進口車的家庭，我要嘛得放棄單挑四十層，要嘛得暫停獵殺烏龜，想辦法賺錢才行吧。感謝毬乃大人的大恩大德。

接下來棘手的敵人會越來越多，實力堅強的敵人也會變多，必須大量消耗陣刻魔石。但是當我達成這次迷宮攻略後，應該會得到價值遠超過耗費金額的貴重道具，而且三會事件也會發生才對。萬一失敗就慘了，雖然慘度還不及某位老師。

結束第十一層的慢跑，我前往下一層。該處大概也是慢跑路線吧。

就我個人判斷，為了縮減時間，從十一到二十層的戰鬥同樣要盡量逃走。不，更正確的說法是我認為不逃走就來不及。

假設要戰鬥，從十一層到二十層最為麻煩的應該就是從第十三層開始登場的血腥蝙蝠。性質就如其名，是一種會吸血的紅色蝙蝠，至於麻煩之處就是複數同時登場外加會飛。根據學姊口述的親身體驗，大概有八成會複數出現。

如果琉迪在場，就能請她用魔法掃蕩；如果奈奈美在場就能靠爆炸擊墜吧。但是我是個只懂扔石頭的原始人，卻又捨不得浪費陣刻魔石，更重要的是不能把時間消耗在交戰上。

我得到的結論是逃走。要是有充分的時間，順路打下幾隻其實也沒什麼不好。

轉過丁字路口，面朝前方的瞬間，我不由得嗚哇大叫。三隻狗頭人迎面而來，換句話說就是三個麻煩的傢伙。

我立刻把手伸進口袋，取出聲響陣刻魔石並發動。趁著那三個傢伙摀著耳朵掙扎打滾時，繼續我的慢跑行程。

這時我突然想到。

奇怪？我自從進了這個迷宮，除了頭目戰，是不是全部逃走啊？

一如預定行程，我在兩天內完成二十層的攻略。既然貫徹逃亡計畫，這也是料想中的結果。擔任二十層頭目的豬臉怪物——獸人則是不值一提，況且不會飛的豬就只是平凡的豬，不青春的豬頭就只是顆豬頭罷了。

之後我立刻吃晚餐並就寢，結束第二天行程。醒來的感覺算不上舒爽，我伸了個大懶腰，把咖啡灌進胃裡，下定決心踏入二十一層。但是我意氣飛揚地步入二十一層沒多久，遲早會遇到的麻煩現身了。

二十一層與前面二十層大不相同。

簡單來說，至今為止的迷宮都是一般常見的石磚迷宮，但接下來會變成叢林中的遺跡般受植物侵蝕的迷宮。樹根和苔蘚滿布於牆面跟地面，好像一個不小心就會滑倒、跌倒或絆倒。

哎，這些問題還不重要，重點是眼前這傢伙。

也許該說終於現身了吧。正因為《魔法★探險家》是一款成人遊戲，這傢伙是肯定無法迴避的敵手。

那傢伙的身體嬌小，大概只有一公尺左右。拍打著小巧的翅膀，手中拿著有如叉子的尖槍直指向我。

某種角度來看，這種怪物有時比尋常的頭目還要強悍。但是在成人遊戲的RPG之中不登場才叫稀奇，甚至該問：「有哪一款沒登場嗎？」

言歸正傳，一直瞪著我的那傢伙身上穿著一襲與遺跡格格不入的服裝。

那就是競技泳裝。

如果這裡是游泳池，這服裝也不成問題吧。但這裡是迷宮，就一般人的思考來看，單純只是變態而已。不過，在成人遊戲很常見就是了。

真是的，這裡明明是遺跡般的迷宮，為什麼會穿著競技泳裝現身？而且在不知是腰部或臀部的位置長著一根細長的尾巴，尾巴前端是黑桃的形狀。

豐腴的大腿、褐色肌膚、發育途中的胸部，不會太瘦也不會太胖的健康體態。

雖然對方擺出「嘿！看我打倒你！」的表情直瞪著我，但請容我表明心中的感想。

真是超可愛。

「呼～～終於出現了啊，色情怪物，而且還偏蘿莉系。」

自第二十一層登場的小鬼和一般遊戲中的小鬼外觀不同，是成人遊戲中常見的那種裸露度提升、頭身比降低的怪物，年齡還是令人吃驚的十八歲以上。

如果我能將怪物收為夥伴，很容易想像我馬上就會招收小鬼。就算實力貧弱，我還是會驅使手中所有道具，使之成長到足以和遊戲尾段的頭目抗衡吧。不過一旦培養到那麼強，她也會成長為美艷的大姊姊就是了。雖然還是有辦法培養為合法蘿莉。

坦白說，至今我一直刻意避開這種怪物。奈奈美還另當別論，在學姊或琉迪面前，我實在不知道該做何反應，更重要的是我不知道自己究竟會有何反應。

此外，我介紹給伊織的迷宮中雖然沒有小鬼出沒，應該還是有其他色情怪物。其實我是刻意介紹的，真想知道他在女性面前會怎麼應對。

為了當作參考，之後找機會向他討教吧。不好意思，請原諒偷偷把你當作白老鼠的我，不過在提升等級上應該很有助益……

哎，這個世界上色情怪物並不稀奇，說不定他已經司空見慣了喔。

小鬼看起來馬上就要撲向我，不過我早就想好了應對方法。

「嘿！」

我立刻把手伸進口袋，投出聲響陣刻魔石後全力逃走。這是當然的吧？一旦飛到空中就很難擊中，而且服裝又很煽情誘人。

況且，對方穿著那套服裝飛上半空的話，恐怕會讓我無法出手攻擊。若要一一戰鬥，在各方面都很花時間，特別是在精神上……也許在逃走前先拍照留念就好了。

不過，若問在這樓層是不是遇到怪物就要逃走，倒也並非如此。途中若不打倒一部分的敵人，恐怕在經驗（魔素）值方面會出問題吧。

體驗過烏龜帶來的成長，我明白了收集魔素對強化自身非常重要。若想單純提升身體能力，狩獵迷宮中的怪物應該是好選擇。話雖如此，慢跑和空揮也並非毫無意義。

也許是因為我一直逃走，我能清楚感受到慢跑的效果。另外，拔刀術也會是日後不可或缺的攻擊技術吧。

「出現了啊。」

第二十一層不只是樓層的整體氣氛，連登場怪物都會全面換新。剛才的小鬼就是其中之一，而現在現身的樹人也相同。

樹人雖然種族上近似於木魔偶，但更近似於樹木吧。樹人的共通特徵就是動作笨重但攻擊力強，也就是所謂的力量型（腦袋裝肌肉）角色。此外，樹人有火屬性這個弱點，如果距離夠遠，施展火魔法就能輕易完封。話雖如此，沒有火魔法也能完封。

樹人緩緩向我走來，朝我揮落樹幹手臂。我接下那一擊的同時體認到學姊與克拉利絲小姐的臂力有多異常，之後便將攻擊彈回，緊接著朝那破綻百出的腹部使出拔刀術。

樹人動作遲鈍且以物理攻擊為主，但我的力氣完全不會落於下風，這樣一來，這傢伙就只是個大沙包，隨隨便便都能擊倒它。

將樹人俐落地一刀兩斷後，軀幹的年輪映入眼中。年輪好像可以判斷樹的年齡吧？我這麼想著的時候，樹人化為魔素與魔石。

「魔石也越來越大顆了啊……」

以前覺得「好像比鴿子飼料還小？」的魔石，現在已經變得跟小指頭的指尖差不多了……這樣還算小吧？不過根據路易賈老師所說，比起魔石本身的尺寸，重點好像在於魔石的構成要素、密度和凝縮形式之類，不用太介意大小。

一扯上工作和魔法就變得十分可靠啊，而且光是看著老師這個人就能振奮精神。只要金錢觀念正常一點就沒話說了……

言歸正傳，樹人不只是相當容易打倒，數值和遊戲相同的話魔素也不少，再加上魔石也不差。我曾考慮過在此處收集魔素的方案，但最後打消念頭。

「為什麼這裡會有帶毒的怪啊……」

雖然目前還沒遇見，樹人出現的樓層也會出現毒蛙。萬一我失手而不幸中毒，要怎麼恢復才行？

答案只有靠道具。為防萬一，我也準備了一定數量。在這樓層會中的毒不算太強，只要便宜的解毒劑就能了事，遠比購買陣刻魔石簡單。

話雖如此，我並未大量攜帶。因為相比之下陣刻魔石太實用了，空間都被陣刻魔石塞滿了。

「不過，好像有點失敗了啊……」

就算不特別賺經驗，也許我也該實際體驗一次中毒的感覺比較好。在遊戲中也有不理會中毒在此提升等級的手法。反正在當下這個階層可能中的毒也很弱，所受的傷害不高，乾脆忽視毒的傷害在這裡賺經驗吧——得到這般結論的玩家會採取這種手法。

要我這樣做也不要緊，但實行上最大的問題在於中毒可能帶來在遊戲中感覺不到的其他影響。

比方說，在遊戲的地圖上不管多麼急著移動，對戰鬥都不會有任何影響。但是在這個世界，越急著移動就越累，奔跑後也會呼吸急促，有這類遊戲中沒有的負面影響。毒究竟會帶來何種影響？我應該先調查清楚再開始這次的挑戰。

這次的預定計畫中，在這個階層遇到樹人之外的敵人都會逃走。但是既然可能不小心中毒，就該至少體驗過一次。

為了做實驗而中毒看看？不，不曉得會發生什麼事，還是算了吧。要做實驗還是等身旁有別人，而且沒有時間限制的場合吧。

這只是猜測，姊姊或路易賈老師手上應該持有某些毒素，至於那個耶羅科學家就更不用提了。我敢向神發誓，那傢伙手上絕對有。可怕的是，無法猜測她會索求什麼當作回報。

第一個反省點出現了啊。

在挑戰迷宮之前，能試的都要先試過。之後還有很多攻略迷宮的機會，屆時再發揮這次得到的反省吧。

總之，多想無益。只有樹人出現的狀況就打倒賺經驗，除此之外就乾脆逃走吧。

現在先收拾掉眼前的樹人再說。

對諸多網路遊戲都一樣，我個人認為單純要練等級時最重要的就是「所需時間」。每次戰鬥耗費的時間、遭遇怪物所需的時間、戰鬥結束後讓角色恢復的準備時間。這一切合計之後，前往效率最高的場所就對了。不過，有時候也會視戰利品而改變打怪地點就是了。

然而在RTA有些許差異。因為事先擬定了通往結局的路徑，必須自起點放眼終點，將一切列入考慮後選擇心目中的最佳解。

這次的終點設定在一星期內攻略四十層，以及加入三會。

我認為這是應當放在第一的事項，因此灌注了絕大部分的金錢做好準備，也為了攻略做特殊訓練。況且特地去獻上內褲，就是為了挑戰這迷宮。

在本次攻略四十層途中必須達成的項目，收集魔素也是其中之一。樹人會在二十一層出現，雖然想在這裡賺經驗，卻有毒蛙出沒。既然如此，就到毒蛙不再出現的二十四層賺經驗吧！

但是事與願違，打從第二十四層開始，樹人也會消失，讓人不禁扼腕。然而小鬼照樣四處遊蕩，只能說製作者在各方面都「很懂」。要是我懂得施展光屬性的遠距離魔法，或者像奈奈美一樣懂得遠距離攻擊，小鬼也是絕佳的魔素收入來源，但現在只有我一人，一旦敵人逃往上空處就只能仰賴陣刻魔石，還要加上精神層面的障礙。要引誘敵人進入狹窄通道再戰鬥也是個辦法，但是引誘本身很耗費時間。

「結果基本上還是遇到就逃啊……」

從這個樓層開始登場的哥布林高階種「巨型哥布林」會使用棍棒、劍、弓或杖。隨著手持武器的不同，攻擊模式也會跟著改變。不過每一種都很好應付，和遊戲中一樣只是小怪。

雖然容易打倒，但經驗值不如樹人，實在很可惜。畢竟實力那麼弱，這也是理所當然的吧。

現在出現的巨型哥布林是持弓的類型，不過和奈奈美的弓術相比簡直是雲泥之差，和小孩子的拳頭沒什麼兩樣。目睹奈奈美的箭矢如槍林彈雨般殺過來，那情景除了恐怖以外無以形容。

如果巨型哥布林同時有複數登場，效率會比樹人高，但出現時不一定是複數，而且數量一多就有可能出事（應對失當而受傷）。

我事先預備了不少恢復道具，不過想到在三十層之後恐怕會灌藥如喝水，現在還不想用。

毆倒巨型哥布林之後繼續長跑。遇到兩隻以下的巨型哥布林就戰鬥，三隻以上或者帶著小鬼就逃走。

就這樣盡快前進至二十七層才是上策。

「想著想著就來到第二十七層了啊。」

因為比之前都更急著趕路，真的沒過多久就到了。不過我本來就想提早來到二十七層，這也是應該的結果。

迷宮第二十七層是足以左右將來的重要樓層之一。二十七層是登場怪物變更的樓層，對現在的我也是最能賺取經驗的樓層。

此外，迷宮的氣氛也會稍微改變，這也是二十七層的特色吧。或者該反過來說：由於迷宮的整體氣氛改變，使得登場的怪物種類跟著變化。

「不過接下來得注意突襲才行。」

我看著一旁的水渠，不禁嘆息。

從第二十七層起的變化，主要是在叢林遺跡中增加了水渠和水池之類的要素，因此登場怪物中開始出現水棲怪物。

前進一段路後，抵達有如池塘的偌大水窪時，那傢伙現身了。

最惹眼的就是那對巨鉗，以及扛在背上的巨大貝殼，還有兩根觸角。話說未免也太大隻了吧？光是身高大概就有國小生到國中生的程度？但是身體寬度好像有六七人份，更重要的是巨鉗異常地大，大得感覺很不平衡。

「不過這種不平衡的感覺，就是居寄蟹的特色嘛。」

居寄蟹是一種形似寄居蟹，又將鉗子異樣放大似的敵人。因為名字也只是把寄居蟹的名字改一下，紳士們馬上就理解到原型是寄居蟹，而且官方也會稱為寄居蟹。魔探裡面不少怪物的名稱只是稍微修改或順序對調。

言歸正傳，重點在於我和居寄蟹簡直是天造地設的一對。速度不怎麼快，雖然能抵禦斬擊，但打擊是弱點。

而且水守學姊還對我說過：「關節部位能輕鬆切斷，憑你的實力應該連一部分的殼都能斬斷。」看來大概行得通？對了，以前在遊戲中打出爆擊時是用劍造成強烈傷害，那是砍中關節的緣故嗎？不過我的主要武器還是披肩，本來就是打擊屬性的攻擊，沒必要執著於斬擊吧。

然而還是有應當注意的部分。

居寄蟹一面發出爪子刮過石質地面的嘎嘰聲響，一面朝我步行而來。移動速度比我想像中還快。

居寄蟹高舉起蟹鉗，朝著我猛然砸落。我心想：「不是用夾的？」同時將第三隻手變形為橢圓狀，將攻擊力道導向一旁。

與居寄蟹交手時，最需要注意的就是偌大的蟹鉗。雖然沒有足以斬斷物體的銳利度，一旦被粗壯的鉗子逮到，遭到猛力一夾，想必骨頭也會斷掉。

我施展身體強化，用腳全力踹開那隻蟹鉗，居寄蟹也跟著後仰。我立刻朝著牠的臉部轟出第四隻手。

伴隨著啪嘎的碎裂聲，居寄蟹翻覆不起。我注意到牠還沒開始變為魔素，原本打算立刻追擊，但我並沒有出手，或者該說無法出手。

噗嚕噗嚕噗嚕。居寄蟹噴出大量泡沫，現在整張臉已經被泡沫完全覆蓋，簡直像長出鬍鬚。

因為這隻怪物應該沒有毒，就算沾到也沒問題吧。

「就是覺得不想靠近啊……」

不知道是因為泡沫很細又或者是量太多了，為什麼會感覺這麼噁心？

話雖如此，為了戰鬥別無他法。因為二十一層到三十層的路程我打算只用幾個小時快速通過，唯獨二十七層例外，我預定在這裡度過一天以上。

我會一直待在這裡，這段時間也會不斷狩獵怪物，若只因為覺得外觀噁心就屢次停手，實在太浪費時間。

「要上了！一～～二～～」

我下定決心，揍向牠的臉。於是牠的臉冒出更多泡沫，不久後開始痙攣抖動，腳部癱軟失去力氣，貝殼撞上地面，之後緩緩變為魔素。

寄居蟹有種生活在海邊的印象，在淡水環境真的能生存嗎？我想著這些無關緊要的事，正打算拾起魔石，但又立刻挺起身體。緊接著先把我原本想撿的魔石踢飛，避免妨礙戰鬥。

「飛蛾撲火啊。」

出現在眼前的怪物就是我在二十七層度過一整天的目的。

那是體型有如孩童卻手持巨大鐵鎚的怪物，有著中性容貌，模樣給人非常可愛的印象。可是手中拖著一柄比自己的身軀還大的長柄巨槌，擺明了就很不對勁。

那是妖精系怪物，諾克（Knocker）。

諾克看起來像個小孩子，但強度與外觀並不一致。最恐怖的是那柄比他自己還大的槌子……其實並非如此。

「馬上就來了？」

我將第三隻手朝向諾克前方出現的魔法陣，緊接著在原本的強化另外附加水屬性。

在同一時間，火球自魔法陣飛向我。

這種妖精的行動最棘手的就是使用陣刻魔石施展火焰攻擊。我立刻用披肩彈開火球，拉近距離。但是對方像是早就料到，鎚子從側面奔向我。我用第四隻手防禦，打算趁機使出拔刀術，卻無法擊中。

諾克利用剛才鎚子擊中披肩時的反作用力，猛然向後跳開。

我不由得自言自語：「這是哪招？」難道練過雜技嗎？

動作異常敏捷。如果把這一幕上傳到影片分享網站，加上那小男孩般的外表，人氣肯定會急遽攀升吧。

不過，非常遺憾。

諾克立刻與我拉開距離，再度取出陣刻魔石並發動，同時舉起鎚子朝我衝過來。

面對同時來自兩方向的攻擊，我已經拜託學姊、琉迪與克拉利絲小姐，請她們為我特訓過了。我知道在迷宮中一對多的狀況肯定不少，因此盡可能事先練習過，看來這是正確選擇。

我用第三隻手彈開火球，以第四隻手防禦槌子。不過這次第四隻手可不同於剛才。在鎚子擊中第四隻手的瞬間，傳出彷彿擊中柔軟布料的聲響，鎚頭陷入第四隻手。為了掌控這種細微的硬化度，究竟耗費了我多少時間啊？

「接下來就在這裡提升強化程度，讓披肩硬化。」

諾克發現鎚子被硬化的布包覆，使勁想拔出鎚子。這時諾克的側腹破綻百出。我施展拔刀術，將諾克一分為二。諾克變成了魔素與魔石，還有一顆紅色寶石。我見狀不禁驚叫：

「啥？不、不會吧？怎麼可能？到底是怎麼回事？」

我不由得再度定睛一看。費解的感覺更勝喜悅。

我會計劃在這裡花上一整天的時間狩獵諾克，不只是為了經驗值。其實這傢伙打起來滿麻煩的，還有其他效率更佳的地點。但我特地選這個地方，目的就是戰利品。

然而很遺憾，那種道具的掉落率非常低。雖然機率比手機遊戲的轉蛋高，不過手機遊戲有只要花錢就能立刻拿到的優點。

而這狀況就沒辦法了。

話雖如此，其實這種道具想買也是買得到，但是價格實在太貴了，就算耗盡零用錢（相當於社會新鮮人的年收入）還是不夠，會壓縮購買其他道具的預算，最後只好忍痛割捨。如果不需要在這裡賺道具，說不定還能再縮短一天的時間。哎，雖然只要我央求，那個家可能二話不說就會大方給我。

言歸正傳，一顆魔石掉落在我剛才打倒的諾克的位置。

在RTA的實況中我還被觀眾稱作「爛運」的代表人物，沒想到竟然第一次就掉落了。呃，我真的很開心啦！

我將掉在地上的道具拿到手中，端詳形狀。嗯，先前仔細鑑賞店內商品的經驗發揮了成果，我敢確定這和店裡賣的道具相同。

「火系陣刻魔石・中級」。

仔細一想還真不可思議。為什麼諾克對我使用的明明是下級的陣刻魔石，掉落的戰利品卻是中級？雖然下級的同樣會掉落就是了。別那麼吝嗇，把中級拿出來用不就好了？就算對方看起來不強，也不能掉以輕心嘛。哎，這不重要。

「好啦，既然陣刻魔石也拿到了——」

我說著把諾克和剛才踢飛的居寄蟹的魔石收進背包，嘴角忍不住往上飄。

「就打到再出四顆為止吧！」

目標（願望）是十二小時內搞定。打到達成目標為止！

……於是我推開了地獄的大門。

機率總是會收束，能囂張地講這種話的精神狀態只維持到第六小時。結果就如同我當初的估計，大約花了整整十二小時，終於把陣刻魔石收集到預定的數量，這時我已經精神委靡。

好不容易重新提振精神想繼續前進，但接下來的行程是長跑直到三十層的頭目。

自二十八層之後，巨型哥布林會消失，取而代之的是長著翅膀的鹿，名叫「鹿鷹獸」的飛行怪物。

當然也是見到就逃走。然而——

「感覺不管是逃走還是戰鬥都越來越吃力了啊……」

登場怪物各方面能力都有所提升，速度當然也變快了，這的確是原因之一。不過最大的原因還是怪物的思考越來越狡猾了吧。

和諾克戰鬥途中，從空中朝我突擊的鹿鷹獸就是最好的例子。雖然我連忙用第四隻手擋下，狀況還是相當驚險。

剛才遇見的諾克沒有追逐逃跑中的我，心裡才覺得不可思議，馬上就在附近發現捕獸夾型的陷阱。

此外，在這階層要應對怪物雖然還算輕鬆，但是三十一層之後也許就會有些棘手。因為可以想見從三十一層開始，登場怪物的強度都會與我相近，甚至更勝於我。

先把思考擺到一旁，我對眼前的鹿鷹獸投出光之陣刻魔石（下級）後，立刻逃離現場。

「花錢如流水……不過剩下太多錢也不是好事啊。」

剩下太多錢花不完，就表示冒險前的計畫不夠縝密。

也就是事先該做的調查不夠紮實。

不過我這次的狀況是無法為了事先調查而實地造訪這個迷宮。因此我只能依靠對學姊發問與自己的知識擬定計畫，會有疏漏也是沒辦法的事。

將光之陣刻魔石用光後，終於抵達三十層。和之前相同，每一層的頭目就鎮守於此。哎，這也是當然的吧。

房間內的地形可說是橢圓形。像是把田徑場縮小之後，觀眾席改成水渠，如此的場地。

我往場地中央走去，前方的水渠傳來有東西排開水面的嘩啦聲響。

自水渠中出現的是茶褐色的甲殼。凹凸不平的甲殼突破水面，緩緩浮升，且慢慢朝我這邊靠近。

緊接著自水中現身的是巨大的蟹鉗。

然而，那不同於不久前我屢次戰鬥長達十小時以上的居寄蟹的巨鉗。那比居寄蟹的鉗子還要粗壯，而且那傢伙也沒有居寄蟹的特徵，身上沒有揹著貝殼，而是全身都被甲殼覆蓋。

「現身了啊，克拉姆本。」

克拉姆本是蟹型怪物。

外觀完全就像螃蟹，但是尺寸絕非一般螃蟹所能比擬。蟹鉗的尺寸已經巨大到能輕易把我夾起……不，直接夾斷都不奇怪的地步。見到這種龐然大物高舉起兩把巨鉗對我威嚇——

「還真是滿身破綻……」

我取出了事先準備好的火屬性中級陣刻魔石，對準克拉姆本使用。

克拉姆本高舉著雙鉗正在耀武揚威時，熱量遠遠凌駕於下級的火焰直奔向牠。

在擊中螃蟹的瞬間，轟然巨響撼動四周。威力大概比奈奈美的爆炸箭還要強上一階吧？奈奈美日後吸收魔素或經過訓練，應該也能輕鬆發揮這種威力。

話說，奈奈美的成長速度才最異常吧……

橘紅火焰向周圍飛散，爆炸的風壓將香噴噴的蟹肉香吹向四周。因為我肚子漸漸餓了，希望能早點吃晚餐，然而遺憾的是只用一顆魔石無法打倒這傢伙。

四周的火焰尚未熄滅，我便朝著依然高舉雙鉗的螃蟹衝了上去。緊接著拔刀攻擊想斬斷關節，卻被蟹鉗擋住。

我馬上與克拉姆本拉開距離，收刀入鞘，準備施展拔刀術。隨後我用第三、第四隻手防禦左右兩側，觀察克拉姆本的行動。

克拉姆本看起來怒氣衝天，甲殼變得紅通通，腳就像高速動作的縫紉機激烈跺地。

哎，變紅是因為我用火焰噴牠就是了。

不停跺地的克拉姆本朝著我上下揮動蟹鉗，隨即突然對我吐出大量泡沫，剎那間從我眼前消失。

「啥？」

我一面掃開泡沫般的東西，重新把克拉姆本放進視野中。

實在太快了，讓我不由得乾笑。簡直像把痕掌沙蟹巨大化好幾倍，但是直衝向我的巨鉗威力可不能當作笑話。

我用第四隻手接下巨鉗，不過直奔而來的衝擊力強勁無比。我無法抵禦那威力，差點整個人被打飛，用第三隻手充當煞車勉強維持姿勢。

攻擊並未就此結束。動作快如縫紉機的蟹腳逼近，意圖把我踐踏至死。

我用第四隻手保護自己的同時開始移動。克拉姆本通過我剛才所在之處，劃出半圓般的軌道繞到我面前，對我上下揮動巨鉗。

我用第三與第四隻手擺出架式，準備拔刀。

克拉姆本上下甩動巨鉗大概四五次，發動攻勢。

這次牠張開巨鉗，朝著我揮來。我直覺判斷萬一被夾住就糟了，立刻往側面跳開。

克拉姆本通過我剛才的位置，前進一小段距離後停止，像在對我威嚇般舉起兩隻巨鉗。

大好機會來了。這回我一面奔向克拉姆本一面使用火系陣刻魔石。爆炸火焰仍熊熊燃燒，但我不管三七二十一就衝進去。

身體炙熱得好像燒傷了。不，大概真的燒傷了吧，但是現在管不了這麼多。應該趁著克拉姆本無法動彈時，扯斷牠的腿。

我因為高熱而閉上眼睛，照理來說視野應該很差。然而大概是心眼的效果，越是集中精神就越能清楚看見克拉姆本的身影。同時克拉姆本的行動看來也比平常緩慢。

我朝著牠的關節拔刀。

斬斷幾條腿之後就很快了。螃蟹已經失去平衡，將牠的腿一條接一條砍斷只是單純的作業。克拉姆本不時想用蟹鉗敲我，但大概是因為沒有腳而站不穩，甚至不需要我防禦，只是逕自露出破綻。

我吞下恢復藥劑後，輕嘆一口氣。

「要是沒有中級陣刻魔石，肯定不免一場苦戰吧……接下來真的行嗎？」

未來黯淡無光。接著又是怪物的實力會急遽攀升的樓層。

「三十一到四十，五十一到六十，然後六十五層之後會突然變強啊。」

雖然會突然變強，但也不到無法打倒的程度。而且我已經事先準備了對策，應該沒問題吧。

很好，就使出RTA的基本心法兼最終奧義。

「好，一邊祈禱盡量不要遇見怪物，見一次逃一次吧！」

來到三十一層的第一印象是：至今為止那些洞窟和遺跡究竟是怎麼回事？不過同樣的現象我之前也體驗過，因此不算太驚訝。

「溫暖的陽光、宜人的微風、澄澈的天空、反射日光的溪流。這裡究竟是何處？」

明知故問。這裡是迷宮，不是鋪上防水布後眾人坐在樹蔭下吃三明治的地方……三明治？心底似乎冒出異樣的雜音，大概只是錯覺吧。

那麼，自三十一層開始新登場的怪物中棘手的有……

「預料中是全部吧！」

不論是鳥型還是馬型、羊型或蛇型，哪種現身都麻煩到不行。

我自認已經有足以攻略三十一到四十層的實力，但那是以組隊攻略為前提的實力。

如果是一對一，我敢說我不會輸。

然而如果敵人增加了？要是連續戰鬥？要是恢復道具用完了？鐵定會落入下風。

如果除了我，還有琉迪或奈奈美其中一人在場，就算不動用太多消費性道具，七八成的戰鬥都能突破吧。只要有兩人，沒有無法突破的道理。

但是唯獨這次在條件上不但需要單人挑戰，還有時間限制。

為了加入三會，必須有好成績。若問我是否在考試中能拿到高分，實在得打個大問號。如果我拚上老命好好用功，也許能奇蹟般拿個好分數。

但是考試還有實技測驗。

在遊戲中，實技測驗過程全都被省略，只會依照自身能力值自動拿到考試分數，最後顯示結果，因此我不知道詳細的考試內容。話雖如此，我不只是下午的課程，就連上午也時常翹課，我一點也不認為自己能拿到好分數。況且遠距離攻擊我根本不在行。

不過，若是耗費越多時間，無法加入三會的可能性就會越高吧。

畢竟在遊戲中不管玩家選擇哪條路線，瀧音都不會加入三會。入會的永遠是其他角色。

因為三會有人數限制，我希望能盡早加入，而且最好比伊織更早。

入會之後……總之先推動圖書館的事件吧？不，現在還是先應付眼前的怪物。

那傢伙的身體若要以動物描述，就是馬加上人類吧。那模樣像是把馬的下半身與人類的上半身結合，在奇幻類遊戲中可說是和哥布林同樣常見的怪物，半人馬。

我在魔探初次見到半人馬的瞬間，各方面的驚愕猝然湧現。其外觀實在令人不敢置信。

馬的下半身還沒問題。當肌肉結實的下半身猛然蹬地，想必能發揮超乎人類的奔跑速度吧。

手中的武器也沒問題。弓箭和半人馬的普遍形象再契合不過了。

但是，為什麼上半身是粗獷的大叔啊？

在成人遊戲的RPG當中，半人馬是一種時常被製作者積極改造為女性的怪物。下半身依舊是肌肉壯碩的馬型，但上半身大多會加上存在感十足的豐滿胸脯。

然而眼前的半人馬沒有，擺明是個粗獷的大叔。這款遊戲真的是魔探嗎？當時我心中甚至不禁浮現疑問。

於是我認真思考，自己或許買到了假貨。這讓我不安得傳訊息問朋友、上討論版找人確認。遺憾的是，我最終只得知自己是玩家之中攻略進度的最前線。

不過，在數十層之後，母半人馬掛著不同的名稱出現，讓我發自內心鬆了一口氣。這件事我記憶猶新。沒有母半人馬的成人遊戲RPG簡直就像缺了草莓的草莓牛奶。

那麼，說到半人馬，當然不能不提——

「速度的問題比武器還嚴重啊……」

半人馬舉起手中的弓，用魔法創造漆黑的箭矢架在弦上，緊接著瞄準了我……鬆開手指。

「喝！」

箭矢射出的同時，我展開第三隻手。比奈奈美慢。雖然我輕易彈開攻擊，半人馬立刻就準備了下一枝箭，接連射向我。

我一邊閃躲一邊決定要為了實驗兼調查而拔腿奔跑。幸好出現的怪物只有這傢伙一隻而已。

「……果真很快啊。」

單純的移動速度大概是對方更勝一籌吧。另外，雖然還沒調查，耐力恐怕也在我之上。

之後我一面防禦他的攻擊並離開現場，但發現了稍微棘手的問題。

半人馬的速度敏捷且耐力充沛，這還在預料之中。超乎預料的是——

「逃不掉……！」

最後我使用了聲響陣刻魔石，拉開好一大段距離，這才成功逃離對方的追殺。

在遊戲中明明那麼簡單就能逃走，究竟是什麼原因？

當下我立刻就能想到的可能性有——

「和樓層環境有關？」

因為先前大多是在室內樓層逃走，才能輕易甩掉敵人吧？

以前只要威嚇之後逃離那個房間，敵人大多不會追過來。雖然不是沒有例外，但我只要繼續向前進，不知不覺間敵人就會放棄追逐。

「這裡的風景真是開闊。」

如果要玩捉迷藏，能躲的地方簡直少得遊戲無法成立。

滿腦子都是不好的預感。

「該不會有某些條件？」

也許這些傢伙其實有自己認定的地盤，只要沒有脫離範圍就會追殺到底？這種可能性感覺不低。

哎，就當成一種可能性，暫且放到一旁吧。

如果還有其他可能的原因，也許是我實力不足？

話雖如此，在魔探中和逃走行動有關的是角色的速度。半人馬的速度確實很快，但在遊戲中要逃走沒有這麼難。

然而，實際上無法逃走代表什麼意思？

也許問題出在根本之處，認為這個世界直接等同於遊戲的想法可能有誤。在遊戲中單純只是使用「自己的速度」和「對方的速度」做計算，得到成功逃走的結果。

但是在這個世界，怪物本身也是活生生的生物，牠們只是按照自己的本能行動，是否要追趕到底最主要還是遵照本能的判斷吧？

哎，如果真的是這樣，當下的現象就只是理所當然的結果。

「啊～～真想做各種實驗來驗證…………！」

話雖如此，我沒有這種閒功夫。簡單的測試就算了，要從各種角度蒐集數據並且統整查驗，究竟得花多少時間？

總之我搞懂的就是盡速移動才是上策。繼續待在這邊，也只是徒然浪費時間。因為逃走也越來越困難，應該要馬不停蹄往更深的階層前進。

我環顧周遭。四周是一片寬廣的草原，前方隱隱約約能看到像是怪物的身影。

「其實現況還滿不妙的啊。」

問題不只是該如何逃離怪物。

「完全搞不懂往這方向繼續前進對不對。」

如果是在通道，我還能分辨東西南北，大概知道該往何處前進。但是一來到這麼開闊的區域，我記憶中的平面地圖和眼前的立體空間就無法互相對照了。

如果有能判斷的地標就好了。

「要是通往下一層的轉移門和剛才進來時那個門一樣，應該能當作地標吧？」

我記得進入這樓層時，腳下地面鋪著石磚。

而且魔法陣就畫在石磚地上。既然這樣，要進入下一層的話，只要找到石磚地就行了吧？

不過，那究竟會在哪裡？

跨越三十層後才第一層而已，未來已經令我茫然。

總之先祈禱吧，祈禱我能很快就找到。

「太吃緊了……」

從三十一層下降到第三十三層，我大致明白了。

「只要看見敵人，就不要靠近。」

若是輕率靠近就會引發戰鬥。反過來說，只要不靠近敵人，對方大多時候也不會靠過來。

問題在於，敵人實在很多。

「拜託，未免太難了……」

一對一的戰鬥還另當別論，雖然得花上一點時間，還是能獲勝。不過一旦遇上複數敵人，雖然不及面對克拉利絲小姐她們，卻依舊很吃緊。

目前我還能保持積極樂觀，然而如果情況更加艱困，我自己也沒把握。

而且行程也比想像中耗費更多時間，這件事沉重地壓在我肩膀上。溫暖的日光照在我身上，但這裡是迷宮內部。我確認時鐘，發現現在時間已經算得上是傍晚，再過幾個小時就是晚餐時間了。在預定計畫中，這時我應該要抵達三十五層才行。

今天一旦突破三十三層，就早點休息比較好吧。雖然比預定計畫晚，但我在擬定計畫時已預留了一天的緩衝時間，現在還沒問題。而且我原本也有心理準備，如果會動用那一天，大概就是在這個地帶。

此外，對我的精神造成負荷的原因不只這些，道具消耗量比預料中還多也是其中一點。我原本自認事先買足了充裕的分量，但是考慮到接下來的行程，恐怕已經來到左支右絀的地步，最糟的狀況下，抵達四十層之前就會耗盡。

但是有時不使用道具就無法擺脫敵人，除了不吝惜地使用外別無他法，而且有時候明明都用了道具還是很難逃走。

由於從第三十三層開始登場的那傢伙，接下來的消耗速度想必會更加劇烈。

出現在眼前，擁有惹火身材的女性型怪物「鷹身女妖」正拍打著尺寸和自己身軀相同的帶翼雙臂，發出振翅聲俯視著我。

鷹身女妖是三十一到四十層當中我最不想遇到的怪物，原因之一就與小鬼相同。

如果說小鬼嬌小可愛，鷹身女妖就是又大又可愛。因為容貌還帶著幾分稚氣，雖然有著孩子氣的臉龐，身體卻是發育良好的成人。

要是鷹身女妖走進酒館，店家也許會要求她出示身分證吧。至於小鬼和諾克，不管怎麼看都違法。

言歸正傳，與鷹身女妖戰鬥時有幾條必須注意的事項。第一就是不受衣物這煩人物品束縛的豐滿胸部的動作，以及支撐著胸部的淺褐色胸罩……………不對不對，呃，真的會讓人有點分心…………

必須注意的是，長在那鳥一般的雙腳上的利爪吧。

根據資料和學姊口述的經驗，牠會將腳爪對準敵人，自空中急速突襲。有時好像還會使用風魔法。

至於鷹身女妖的對策——

「上上策當然是逃走……」

但是要逃也有問題。問題在於魔石。對鷹身女妖特別有效的是火系陣刻魔石和聲響陣刻魔石，但是鷹身女妖的出現樓層是三十三到四十層，這段路程相當長。

單獨一隻出現時，使用魔石真的好嗎？

現在馬怪和蛇怪已經使魔石消耗量遽增，面對單獨一隻真的可以用嗎？唉，不過考慮到這傢伙的能力，結論恐怕會是「就算只出現一隻也非用不可」。

這次是因為我要調查陣刻魔石是否真的有效，只能大方使用。要做實驗當然是單挑的時候最好，因為不曉得結果會如何。不過要盡可能確定安全之後再動手。

我拿出下級的陣刻魔石，對準鷹身女妖發動。

首先是火。大概是因為見過中級，那火球小到有些不可靠。但是鷹身女妖似乎非常畏懼，立刻就閃躲。

好快。

鷹身女妖恐怕是我實際遭遇過的怪物之中，機動力最高的怪物了。在閃避之後，立刻將銳利的腳爪朝向我，猛然降落而來。

劃破大氣般飛翔的她，猶如巨大的箭矢。

雖然她急遽加速到驚人的速度朝我飛來，但飛行軌道完全是一直線。看起來要閃躲也很簡單，但我這時故意選擇擋下。

我用第三隻手支撐，用第四隻手擋下她。鏗鏘！金屬互撞的聲音響起，衝擊力道傳遍全身。不過就僅止於此了。

和克拉姆本相比，這傢伙的攻擊沒那麼強，但在其他方面相當棘手。

「果然很快。」

鷹身女妖把第四隻手當作跳板，再度飛向空中。而且這次她張大了嘴，尖聲鳴叫。

我不由得咂嘴。雖然還有很多實驗沒做完，但是立刻逃離現場才是上策吧。不對，其實我已經晚一步了。

我彈開從側面飛來的箭矢，視線轉往箭矢的來向。出現在該處的是半人馬。

鷹身女妖最棘手的地方就是會呼喚同伴。如果組隊在此收集魔素，那完全只對我方有益吧。但是我現在孤身一人，而且對於飛在空中的敵人幾乎束手無策。

咻的一聲，箭矢刺在我的腳邊。大概是用魔法製造的，刺在該處的箭矢像是一開始就不存在般消失，只在泥土地上留下一個洞。

剛才射出的箭矢確實瞄準了我的身軀。但如果注意力集中在半人馬身上，鷹身女妖就會攻擊我吧。

而且也可能繼續呼叫新同伴。

要戰鬥顯然情勢不利。不過我真能逃脫嗎？

就算要戰鬥也得先打倒鷹身女妖。然而面對飛在空中的她，我只有丟擲石塊這種原始手段，或是使用消費性道具。

只能逃走吧。

當我逃離她們的追擊時，已經是大概三十分鐘之後的事了。

「鷹身女妖太難搞了。」

吃過晚餐，喝下剛泡好的咖啡，我陷入沉思。

按照原本的計畫，我現在應該要突破第三十五層。但是事實究竟如何？現在我正置身於三十四層，而且來到這層之後連一步都還沒前進，我卻已經做好就寢準備了。

當下現況非常糟糕。我得盡早想出應對鷹身女妖的方針。

目前我知道的是，她們的戒心非常強。要擊墜飛行中的她們非常困難。如果只有一隻還有辦法，但棘手的問題是——

「能不能讓她別呼叫同伴……」

在遊戲之中，玩家完全不需移動，她會自動幫忙呼叫經驗值到場，是種養眼又養身的怪物，但在需要逃走的狀況下，也許是最麻煩的敵手。

況且她不只會呼喚同族，會呼喚機動力高的半人馬這點也很煩人。幸好自第三十七層就不會有半人馬出現，但是還有好一段距離。況且在其他樓層會有麻煩的傢伙出現，一正一負並沒有變簡單，反倒是這些傢伙會同時出現的樓層，想必會非常艱辛。

我本來就知道路途艱辛，但我原本認為只要逃跑就有辦法解決，因此現況比預料中更吃緊。

抵達三十層之前的確輕鬆寫意。

話雖如此，就算預知會演變成這樣，要更早抵達此處也絕非易事。因為那就代表要削減休息時間，不斷奔跑。就算把行程壓縮到極限，頂多也就提早幾個小時罷了。這幾個小時究竟有多麼寶貴，目前還難以定論，唯一肯定的是必須強迫自己涉險。

這狀況下最好的應對手法，就是聲響陣刻魔石吧。面對難以精準擊中的鷹身女妖，不須擊中也能發揮功效，一旦發動就能創造破綻。

事與願違的是——

「所剩不多了……」

如果能讓我用其他屬性的魔石交換，那該有多好。

火之外的屬性都有些剩餘量。早知道就別買這些，多買聲響陣刻魔石就好了吧？

不，這是強人所難。因為無法事先探勘，不可能把道具數量徹底效率化。反倒該認為未經探勘居然能準備這麼多的魔石。

是不是因為聲響陣刻魔石比較便宜，不知不覺間用得太輕率了？

嗯，總之先睡吧。再想下去會影響到明天。

突破三十四、三十五層的感想大概是「相較之下輕鬆一些」。

雖然只要鷹身女妖出現就難免苦戰，但只要見到的瞬間就繞遠路前進，某種程度上改善了。

然而自三十六層起，會出現雖然不如鷹身女妖卻還是棘手的敵人。

抵達三十六層後首先瞧見的就是鷹身女妖。見到那正倚著樹幹做日光浴的身影，我好不容易才強忍住自後方突襲並痛扁一頓的衝動，保持一段距離，跑步離去。

痛扁她一頓應該能排解壓力，但要是途中被發現，讓她有機會呼叫同伴，事態可就不堪設想了。

在這之後前進一段路，出現的是自三十六層開始登場的怪物，名叫饕餮。

饕餮的身軀大部分無異於羊，但頭部就像狛犬或風獅爺般，口中長著白森森的尖牙。一旦被咬到，身上會被開出大窟窿吧，甚至有可能會肚破腸流。此外饕餮的頭上還長著螺旋狀的角，可說是狛犬和羊的合成獸。

饕餮的棘手之處不少，不過最麻煩的還是速度。在魔探遊戲中，速度的數值和半人馬差不多。身體大半部分明明是羊居然能發揮那種速度，真令人敬佩。

遺憾的是要逃離這傢伙大概很費功夫。

饕餮注意到我，朝側面緩緩移動的同時，鼓動喉嚨發出威嚇的低吼聲。我將魔力注入第三隻手後靠近，饕餮便朝著我吐火。

饕餮的麻煩之處不只在速度，懂得施展遠距離攻擊也是其中之一。

我用第三隻手保護自身，立刻移動離開。饕餮配合我的動作，改變噴火的方向。

饕餮吐出的火焰威力雖然大於下級的陣刻魔石，但是和中級無法相提並論，算不上多麼強力。但是——

「萬一和半人馬或鷹身女妖一起出現就糟糕了。」

這傢伙懂得近距離和遠距離攻擊，要是和鷹身女妖或半人馬一起登場，遠距離攻擊恐怕會從四面八方殺來。

考慮到這一點，這一層與下一層都得盡快突破才行。

拿出破釜沉舟的決心吧。這幾層是棘手怪物的出現範圍重疊處，絕大多數的陣刻魔石將會在此消費。

對第三隻手附加水屬性，排開火焰並不斷向前進。饕餮停止吐火，飛身撲向我並揮出利爪，我用第四隻手把牠砸落在地面。拉近距離，趁機拔刀。

單獨一隻饕餮就打掉，單獨一隻半人馬也打掉，遇到兩隻以上就觀察四周並脫離戰鬥。萬一遇到鷹身女妖，不惜耗費大量道具也要逃離。

我思考著這些行動方針時，吸收魔素並回收魔石。

隨後我再度起跑，沒多久又發現了新的怪物。我也不願意遇見。很遺憾，接下來的對手是鷹身女妖。

「在遊戲裡雖然不算很容易，但也沒這麼難逃走啊。」

而且眼前的鷹身女妖竟然還帶著兩隻饕餮啊。

難道在散步嗎？身旁帶著的寵物未免太麻煩了吧。要是饕餮有雌雄之分，總有一天大概會子孫滿堂，散步時很累人吧。

我想像這些傻氣的情景，改朝其他方向前進。遺憾的是在這方向發現了半人馬。

也許我不應該站在原地思考該怎麼應對，這時鷹身女妖帶著寵物往我這邊靠近。

兩隻饕餮和鷹身女妖一起行動就算了，居然還懂得往兩側分頭包抄。你們很懂得圍捕獵物的竅門嘛。

我立刻取出聲響陣刻魔石，做好發動的準備。我必須在半人馬靠近之前先決定要逃走或是戰鬥。

鷹身女妖朝著我急速俯衝，我朝她發動了聲響陣刻魔石與火系陣刻魔石。

「……」

我失去了言語。

我從沒想過第三十六層居然如此艱難。毬乃小姐當時與高采烈地幫我訂作的高性能制服現在也變得破破爛爛。

身上雖然毫髮無傷，但那是多虧恢復道具才治好，精神已經變得和衣服沒兩樣了。

「該怎麼辦啊……」

光是要動一下都覺得疲憊不堪。明明知道有事非做不可，卻不願意鞭策身體動作。好不容易突破困境來到三十六層，但是往後還有三十七、三十八、三十九、四十層，剩下的路程還很長。然而身體——或者該說精神已經耗弱。因為時間也已經晚了，也許該用餐睡覺比較好？

但是睡醒之後，接下來就要一天突破剩下四層，還要打倒頭目。

明天開始能提升速度嗎？如果我有無限的陣刻魔石也許就能辦到，但在現實中當然不可能。

因為在這個三十六層已經消費了相當多的陣刻魔石，預先準備的物資也有可能在四十層之前就耗盡。然而進入接下來的三十七層，我還是應當捨棄刻意保留魔石不用的想法。鷹身女妖和饕餮的組合外加半人馬的支援非常狠毒。

唯一的救贖是半人馬自三十八層就不會再出現，取而代之的是動作比烏龜還慢的笨重怪物。

唉，在這種時候一定要吃些簡單就能料理的美味餐點，同時也要改變心情。

但是我提不起幹勁。

不妙啊，這是不好的預兆。

我取出數片容易帶來飽足感的餅乾，開封後塞進口中。

純粹只覺得苦痛。精神消磨耗弱，感情好像都快消失了。

我原本想唱些平時能振奮精神的成人遊戲主題曲，但是才唱了一小節就精疲力竭。精神已經疲憊不堪。

雖然我知道維持健康的心理狀態最重要，但就是無法提振鬥志。

只剩三層，但也多達三層。只剩一天我能抵達四十層嗎？

四十層還有頭目鎮守。我這種精神狀態，真有辦法戰勝頭目？我注視著正在食用的餅乾狀乾糧。

吃起來有如麵粉般乏味，一點也不好吃。儘管配著咖啡灌進肚子，也毫無飽足感。

真想泡澡。沖個熱水澡後，泡在毬乃小姐家裡的豪華浴池中，緩緩地伸展四肢。

要不要乾脆回到地面上？

這種想法掠過心頭。

我已經做得很夠了吧？我這麼想著。現在回去就確定能拿到學年第一，也能成功加入三會吧。雖然可能拿不到初次攻略獎品，但在其他場所也不是拿不到。只是在這地方能最早拿到，而且條件比較輕鬆罷了。

我越去想就越是認為那樣也不錯。也許繼續硬闖下去才最危險。

要挑戰隨時都能挑戰，唯獨丟掉性命萬萬不可。

我把手伸進口袋中，發現裡頭除了賦歸魔石外，還有三個四角形的物品。

我把那三個物品抽出口袋。

三個都是護身符。

第一個的手藝非常精緻，簡直有如機器製造般工整，上頭繡著小小的瀑布與承接瀑布的小溪。

第二個則是在質地高級的白色布料上繡著一名女僕，女僕圍著一條特別長的圍巾。

最後一個護身符的手藝則算不上多麼精良，只達成不至於損壞的最低標準，右下繡著四葉幸運草。

剎那間，在花邑家見到的一幕掠過心頭。

我和奈奈美獵殺烏龜歸來之後，學姊、琉迪與克拉利絲小姐慌張地收拾房間，而且態度異樣地見外，感覺就像有事瞞著我。

奈奈美見狀，不知為何有些不愉快說：「您還真有福氣！」用手肘頂我的側腹。之後又呢喃：「如果我也有時間……不，時間只要擠就有……」我聽了就對她說：

「既然這樣妳就跟我請假啊，妳工作過度了。」

「主人難道想奪走我人生中至高的時光嗎！」

「工作怎麼可能是至高的時光啊！」

我和奈奈美的雙人相聲隨之展開，目睹我們拌嘴的克拉利絲小姐第一個忍俊不禁，不知何時回到家的毬乃小姐插嘴胡鬧，姊姊只是默默地聽著，但表情看起來似乎滿愉快的，學姊和琉迪則是不知何時來到我們身旁，兩個人都笑著。

隔天，學姊面露靦腆的笑容，親手將護身符交給我，同時告訴我：「我會祈求你的成功。」

之後奈奈美也給了我護身符。因為她那一天感覺有點精神渙散，大概是徹夜未眠吧。琉迪則是擺出一副擔憂的表情，泫然欲泣。

然後我回憶起那雙懷抱著我的手臂……我把自己的手蓋在她的手背上。

我緊緊握住手中的護身符。

——就再稍微多努力一下吧。我這麼想著。

不管三七二十一了。

在三十七層我決定揮霍地大量消費道具，於是第三十六層的辛勞彷彿都是幻覺般，我輕鬆突破了三十七層。

不，實際上應該相當艱辛才對。攻略時耗費的時間是最好的證明。

但是我不把艱辛當作痛苦，進入一種不可思議的出神狀態，思考莫名其妙地澄澈。

穿過三十七層之後，第三十八層就真的輕鬆了。鷹身女妖的出現率大幅下降，取而代之開始現身的是動作遲緩的牛。不過動作遲緩就等同告訴我「請大方逃走」。

此外偶爾現身的鷹身女妖叫來的同伴也是牛，同樣對我有利。

叫出慢吞吞的傢伙有用嗎？我只要趁隙收拾鷹身女妖，把牛留在原地就好。

我抵達四十層時已經是中午時分。一路上幾乎不曾陷入苦戰，大概是因為我已經適應樓層的環境，也習慣應付鷹身女妖了，此外笨重的怪物增加也是其中一個原因吧。

但是，聲響陣刻魔石已經全數耗盡。

不過就算還有剩，接下來也派不上用場了。

在四十層頭目前方的魔法陣，我好整以暇地用過午餐。魔石攜帶爐不知為何狀況不良，我使用火系陣刻魔石（下級），硬是點燃掉在一旁的枯樹枝。

靠著這堆火，我喝了溫熱的濃湯，也沖了溫熱的咖啡。

我過去從來不曾用陣刻魔石生火。火力太強把我蒐集的火種和枯枝全部炸飛，讓我不禁急了起來。但是見到炸飛之後幾乎什麼都不剩的慘狀，我又不由得笑了。

心情簡直好到極點。接下來就只剩一層了。

吃完午餐要做什麼才好？當然是躺下來休息，將身體調適到最佳狀況再挑戰頭目。

因為第四十層會出現的不是一般學生會遇到的原本的四十層頭目，而是初次進迷宮就單打至此才能遇見的隱藏頭目。

那是一座好像坐落在歐洲的競技場遺跡。中央是一片能讓劍鬥士廝殺戰鬥的橢圓形戰場，觀眾席則環繞戰場而設置。

石造座位上空無一人，只有我站在場中央。

這時，一道光線投向我對面的戰場。仰頭看向光束的來源，一個人影出現在該處。

我伸手輕撫著綁在背包上的護身符，輕得像是撫摸小孩子般。之後我深呼吸，將護身符收進口袋裡。

男性的身影緩緩從天而降。那男性背上長著一對灰色的翅膀，但他並未拍打翅膀，降落到地面。

他穿著古代羅馬戰士般的鎧甲，腰間以繩子繫著一柄劍，劍身長約一公尺。此外手臂裝有金屬圓盾。

收起背上的翅膀後，他看向我這邊。翅膀的形狀有如放大數倍的天鵝翅膀。

那身影酷似名畫上的天使。

但我知道，他不是天使。

「你好，伊卡洛斯。」

而他一語不發。這也是當然吧。輪廓深邃的帥哥臉龐文風不動，只是直盯著我。我手摸刀柄，增強了注入披肩的魔力。當我做好準備朝他邁開步伐，他這才拔劍。

我往左右兩側移動虛晃一招之後，用第三隻手毆向伊卡洛斯的身軀。

雖然我覺得自己相當使勁了，但伊卡洛斯壓低重心，只靠挪動盾牌就擋下了我的攻擊，完全沒有自原地移動。

緊接著他回敬我一劍，我將第四隻手挪到自己前方防禦。我原本想彈開他這一劍以製造破綻，趁機拔刀。但是——

「居然把我打飛，哪門子的力氣啊……」

看來接招時得更當心才行。他的一擊的力道更在克拉姆本之上。我立刻拋棄了攻擊的念頭，專心閃躲。伊卡洛斯緊接著對我接連發動攻擊，有時是揮劍，有時是盾擊，甚至是踢擊。

此外伊卡洛斯的速度還在鷹身女妖之上。和過去遇過的所有怪物相比，全方面的能力都堪稱鶴立雞群。

但這也是理所當然。伊卡洛斯不是應該出現在四十層的頭目。他是在遊戲第二輪經過強化的遊戲角色們的對手，「深層級」的怪物。

在五十層附近會陷入苦戰的隊伍若向他挑戰，十之八九會輸吧。我也一樣，如果沒做任何準備就來到此處，絕對沒有勝算。就算事先做好準備，也有可能會輸。他就是這樣強悍的對手。

伊卡洛斯緩緩浮升，飛向空中後，將劍尖指向我。那柄劍在日光照耀下反射光芒。有種不好的預感。就在這念頭浮現的瞬間。

伊卡洛斯以劍指著我，開始下降，而且速度越來越快。

突然間我想起遊隼的俯衝速度更勝新幹線列車的小知識，同時一股涼意爬上背脊。絕對不能硬擋。全身上下都在警告。我立刻奔跑，動用雙腳和第三隻手與第四隻手，絞盡全力試圖閃避。

劈斷大氣的聲響。

那可不是「咻」的輕盈聲響，而是飛彈般的「轟隆」聲。萬一被打個正著或許會被轟飛，運氣差一點說不定身體會四分五裂吧。這種招式萬一被打中一次就輸了。

但是我已經準備好對策了。

「為了收集這個，到底打倒了幾隻諾克啊？」

伊卡洛斯再度飛向天空並使出俯衝攻擊，我全力閃躲。大概是認為這招對我不管用，伊卡洛斯低空飛行，朝我逼近。

伊卡洛斯朝我接近時橫揮一劍，我故意接下那招。借用那力道，我順勢向側面彈跳，同時朝著他的翅膀發動火系陣刻魔石（中級）。

「————！」

伊卡洛斯的弱點是火。遊戲製作者大概引用了希臘神話的典故吧。雖然靠蠟製翅膀成功飛上天空，但因為太靠近太陽使得翅膀融化，這故事可說人盡皆知。

坦白說，這傢伙有弱點真是太好了。萬一沒有弱點，我大概根本不會挑戰初次單挑四十層吧。

翅膀被火焰融化，發出不成聲的慘叫，在地面打滾。見到他對我投出銳利的視線，我立刻又多賞他一顆魔石。

我打算立刻追擊，但他在翻滾中拉開了距離。

剛才天使般的伊卡洛斯已經判若兩人。

雄偉的翅膀已經融化消失，原本長著翅膀的背部剩下兩道白線。此外全身浴火而焦黑，身上處處滲血，模樣相當慘痛。

但是他並未灰心喪志，重新挺立，將劍指向我並直視著我。

他用自己的雙腳蹬地，朝我揮劍。也許是因為失去翅膀，又或者是因為燒傷，威力稍微減弱了。但是他發現攻擊無法突破防禦，立刻就改變戰術，有時用盾牌推擠我試圖製造破綻，自四面八方對我攻擊。

明明都身負重傷了，卻依然勇猛地朝我而來，目睹那身影我不禁想著：

真是強悍啊。

他真是了不起。失去翅膀、渾身燒傷，就此失去鬥志也不奇怪。他卻依然站起身，而且發揮創意使出的靈活攻擊，更勝剛才有翅膀時。

見到這樣的他，我想著：

「我也想要像他這樣。」

我的強處究竟是什麼？強悍的根源究竟何在？

瀧音幸助持有的龐大魔力？我的知識帶來的優勢？我的努力換來的成果？

這一切大概都包含在內吧。

但是真的只有這樣嗎？光是這些就能讓我攻略至此？

我敢斷言，絕對不可能辦到吧。

想必在途中就倒下了，想必在途中就喪氣了。也許就連克拉姆本都打不贏，也許被鷹身女妖包圍而倒下。

我能夠戰鬥到這個階層，無論怎麼想都是多虧大家。

要不是克拉利絲小姐日復一日陪我實戰練習；要不是學姊慷慨傳授技術給我；要不是琉迪協助我的特訓；要不是姊姊和毬乃小姐提供從場地到道具甚至知識等方面的諸多協助，我肯定會在途中某處受挫。

真是不可思議的感覺。我明明像這樣思考著戰鬥之外的事，面對伊卡洛斯的攻擊卻能穩穩招架或閃躲。

感覺我越是集中精神，伊卡洛斯身體的動作看起來就越慢……

在那之後，我和他究竟過了幾招？

伊卡洛斯大概也覺得這樣下去不是辦法吧。比起剛才更勇於進攻，速度更快但憑著蠻力橫揮出劍。然而劍身的軌道我已經清楚看穿了。我用第三隻手擋下這招，假裝失去平衡。

伊卡洛斯大概認定這是大好機會，為了乘勝追擊而朝我使出盾擊。但我用第四隻手擋下這招。

現在的我看起來肯定滿是破綻吧。他高高舉起劍，反射日光的劍鋒朝我劈落的瞬間，我看準時機拔刀。

勝券在握。

但是，事與願違。刀鋒被他的身體彈開，只割開薄薄一層表皮。

「————」

剛才到底發生了什麼事？我剛才以為我確實割裂了伊卡洛斯的身軀，但是刀身砍不進去。

我連忙拉開距離並且觀察敵人，不禁呢喃：

「不會吧……？」

伊卡洛斯渾身不停冒出黃色的魔力。

這現象是怎麼回事？不，我知道類似的狀況。這是狂暴狀態。

魔探中有些怪物的體力降低到一定程度會進入狂暴狀態，使能力全面提升，這狀態現在發動了。然而我所知的伊卡洛斯只要切斷翅膀就不會狂暴才對。

不，在思考這些事情之前，要快點想出對策。儘管我這麼想，但是更加預料之外的事情發生，讓我的思考速度追不上。

伊卡洛斯竟然拋棄了他的盾牌，改用雙手持劍。

在我滿腦子驚慌時，伊卡洛斯猛蹬地面，一直線朝我飛奔而來，將他高舉的劍朝我劈落。

好重。

儘管用上第三隻手和第四隻手同時防禦，我還是差點被那一劍轟飛。速度和力氣似乎都提升了好幾階。

我再度立刻還手攻擊，這下終於搞懂了。伊卡洛斯的身體現在變得異樣堅硬。從拔刀術也只能割破表皮來看，硬度想必非比尋常吧。雖然狂暴狀態的伊卡洛斯在我眼中依然像是慢動作，但只要我的身體追不上他的速度，看得見也沒意義。現在只是勉強還能跟上而已。

捨棄盾牌是因為自身的防禦提高了，想把全部力氣放在攻擊上？或者是想盡可能減輕重量以提升速度？

可惡，太奸詐了吧。為什麼身體會變硬啊？難道不當人類了嗎？不對，這裡可是迷宮。出現外表看似人類但與人類截然不同的存在也不值得驚訝。

我和伊卡洛斯陷入膠著。

因為我專注於貫徹防禦，伊卡洛斯的攻擊還沒傷到我。但我的攻擊對伊卡洛斯同樣也不管用。

我拔刀攻擊，伊卡洛斯以劍擋下。用第三隻手毆打，雖然稍微打飛他，但他照樣若無其事般動作。

漸趨劣勢。

突然間，伊卡洛斯與我拉開一大段距離。

大概想施展某些魔法吧？我做好將披肩在面前展開的準備，直瞪向伊卡洛斯。

伊卡洛斯並沒有施展魔法，不過環繞他全身的魔力更加龐大了。

大概是想用這一招決定勝負。我能感覺到更多魔力在他全身流動。

我原本以為能贏的耶。

單純就外觀來看和剛才沒有多少變化吧。但是我的心眼告訴我，那與我剛才交手的伊卡洛斯已經完全不同。

現在就已經非常吃緊了，我有辦法化解他接下來的攻擊嗎？我會在這裡敗北嗎？好不容易來到這裡，一切都要結束了嗎？

我用手按住口袋。

口袋有些許的厚度，能感覺到裝在裡頭的護身符。

突然間，與學姊和克拉利絲小姐的訓練浮現心頭。兩人充滿耐心陪伴我的訓練。訓練後我滿身大汗，奈奈美見狀便說：「要毛巾嗎？還是要泡澡？還是想、要、我？」如果當時我選擇「妳」的話會有什麼結果？

泡完澡，不知為何琉迪用生疏的動作幫我按摩，還幹勁十足，但和奈奈美或學姊相比之下不太拿手。結束後她還跟我要求泡麵當代價，不過見她那充滿成就感的神氣表情，我也覺得精神恢復了。

對了，今天就買泡麵回去，然後再次看看那張神氣的臉龐。

沒錯，我得買泡麵回去才行。既然這樣，我不就絕對不能輸嗎？

到底該怎麼辦才好？有沒有對抗手段？

使用陣刻魔石也是一招。要是沒效果的話怎麼辦？拔刀術「瞬」呢？不過剛才只割破一層皮。

換作是學姊就能砍穿嗎？換作是學姊……學姊…………？

剎那間，學姊的身影掠過腦海。學姊那美麗絕倫的刀法掠過腦海，身影與我自己重疊。

換作是那一刀、換作是學姊……是不是就能將眼前的伊卡洛斯一刀兩斷？

我將伊卡洛斯放在視野中央，輕輕地深呼吸。

不知道為什麼，我覺得現在我也許能重現。我無法像學姊那樣連擊，不過只要灌注自己的一切，也許能重現其中一刀。既然如此，我就使出渾身之力揮出那一刀吧。只出一刀並劃出與學姊同樣美麗的刀光，也許就能劈開活路？

烙印在記憶之中不曾離去的學姊身影與自己重疊。學姊當時是怎麼辦到的？神情平靜至極，全身沒有一處緊繃，一次呼吸，隨後便筆直地——

我緩緩鬆手放開制服口袋。

啊啊，真是不可思議。我好像能像學姊那樣驅動身體，而且琉迪、奈奈美、姊姊等人似乎正在我背後支持著我，我有這種感覺。

大概是蓄勁完成了，伊卡洛斯高聲嘶吼的同時蹬地飛奔。

他的身體散發著微微的金黃光芒，表情有如地獄惡鬼，雙眼滿布血絲，奔馳如疾風。劍鋒拖在他身後，而且拿劍的姿勢低到彷彿劍尖隨時都有可能擦過地面。

伊卡洛斯逼近的同時，我明白他的魔力正注入手臂與劍身。過去我從未抵擋過的龐大力量——龐大到無以比擬的力量，即將撲向我。

不知為何，感覺不到恐懼，也不覺得緊張。我眼中只映著那道刀光。

我壓低重心，手觸刀柄。將魔力凝聚於刀鞘，凝視著直逼而來的伊卡洛斯。

伊卡洛斯的劍從下段往上疾馳。比他晚一拍，我的魔力在刀鞘內爆炸，利刃奔向他。

喀鏘一聲。金屬碰撞聲響徹周遭。

那是伊卡洛斯的劍和手臂。

伊卡洛斯面露驚愕表情。大概是見到剛才那招，以為自己的身軀不會被斬斷吧。但這招已經不是普通的「瞬」了。

因為大家在背後推了我一把，因為親眼見過學姊的刀法，我才第一次能使出這招……更高一階的「瞬」。

對著尚未擺脫震驚的伊卡洛斯，我發動最後一顆火系陣刻魔石（中級）。

雖然不知道原因，我隱隱約約看見一條線。不知為何我能理解，只要往該處出刀，

就能確實斬斷對方。因此對我來說只要朝該處出刀就對了。

讓刀刃沿著那條線奔馳就對了。

伊卡洛斯全身著火、痛苦呻吟，我對他再度拔刀。

「貳式——瞬——」。

當他的身體化作拳頭大的魔石，這瞬間裝飾璀璨豪華的寶箱出現在競技場中央。

打開寶箱，裡頭裝著散發金光的細小種子。我拿起那幾顆種子，緊緊握在掌心。

終於拿到了。非主角群的角色若要成為世界最強，這是絕對不可或缺的道具。

成長極限解除道具「可能性之種」。

在遊戲中吞下這種子，可解除所有能力的上限值，讓玩家自由提升能力。繼承上一輪存檔的玩家會配合降低等級的道具一併使用，用來將自身能力鍛鍊到極限。而且效果不僅止於此，包含我在內的一部分角色甚至能增加可裝備的武器。

對於伊織和製作者們偏袒的女角們而言，就算沒有也無所謂。當然有就能變得更強。但是伊織他們原本就充滿了可能性，不需要這種東西也能得到怪物級的強度。

然而對我來說無論如何都需要。可能性之種就如其名稱，是可能性的根源。這樣一來我就能……

況且日後就不需要獨自一人進迷宮了。

「糟糕。該怎麼說……突然覺得『可能性之種』根本不重要了。」

拿到可能性之種的確很讓人開心。為了取得這玩意兒，真不知費了我多少功夫。

呃，當然我也很開心啦。

但是該怎麼說才好，我覺得我已經拿到了遠比可能性之種更強大的力量。

比起得到可能性之種而生的喜悅，更強烈的感情自心底湧現，在心中不停翻騰。

真想見她們。

早點離開這裡，和她們見上一面，然後告訴她們。

也許她們會覺得很突兀吧。也許會覺得「沒頭沒腦地突然在講什麼？」

但是我想見到她們，親口告訴她們。

把「可能性之種」全部收進背包中，自轉移魔法陣離開迷宮。

迷宮外頭的天氣算不上晴朗無雲，但碧藍天空籠罩頭頂。陽光直接照在身上，氣溫應該不算太高，對於一身制服破破爛爛的我，溫度適中。

看著少數幾朵雲流過天空的模樣，我使勁深呼吸。

空氣感覺有點混濁，剛才我置身的迷宮裡頭也許空氣還比較清新，我突然有這種錯覺。不過那邊天氣晴時多雲偶爾有鷹身女妖，還是這邊好上太多了。

我把視線自天空挪開，開始思考著應該馬上回家或先傳訊息通知大家，邁開步伐的時候，突然有人從旁邊向我搭話。

「我已在此恭候您的歸來。」

奈奈美就站在該處。

穿著一如平常的女僕裝，對我優雅行禮。

「奇怪？妳怎麼會在這裡？我應該說過我也不知道什麼時候會回來吧？」

我這麼一說，奈奈美輕笑道：

「到了我這種水準，要預測主人回來的時間根本是易如反掌。」

她如此說了。

到底在鬼扯什麼。

奈奈美挺起足以撐起女僕裝的雄偉胸部，神氣兮兮地說道。我的眼神飄向她身旁，突然發現了。

仔細一看，樹蔭下立著木架，藉此撐起了移動式吊床。吊床旁邊還擺了一張看起來很貴的圓桌，桌上放著全套茶具和餅乾等雜物，還有成堆的書。

……我看妳根本就不是預測，而是一直待在這裡吧？

這時她向旁邊跨一步，想要遮擋吊床等物。但是憑奈奈美的體格根本擋不住，一切都暴露在我眼中。

「真是的，到底是誰在這裡喝紅茶啊。肯定很擋路吧。」

她有些煩躁地咂嘴說道，但是不管怎麼想都是她吧。話說原來那是紅茶啊。

我正想著該怎麼駁倒她，這時突然有人聲從我背後傳來。

「這位小哥，你和那個女生認識？」

我轉頭朝向說話聲的來向，負責清掃的大嬸站在該處。

「那女生從兩天前就一直找理由待在那邊不走，真的非常礙事。拜託你幫忙勸她快點回去。」

她這麼說著，大嘆一口氣後離去。雖然對疲倦的大嬸不好意思，但我忍不住笑了。

我很容易就能想像奈奈美對大嬸滿嘴歪理的情景。下次有機會見面的話，就向她道歉吧。

奈奈美一臉不關己事的表情，看著其他方向。

「啊！有蝴蝶在那邊飛耶。」

「好了啦，該放棄了吧？」

「話說，主人！」

看來她打算轉變話題。哎，反正我也沒打算追究到底，就算了吧。

「怎麼啦？」

於是她展現女僕風範對我行禮。

「恭喜您攻破四十層。」

聽她這麼說，我突然注意到，我還沒用那個確認過。明明有一個可以簡單確認的方法，我卻沒有這麼做。我已經打倒伊卡洛斯，也取得種子了，應該已經算是成功攻略了，但為防萬一還是確認一下。

「對喔，妳不說我都差點忘了。」

「……您應該攻略四十層了吧？」

見到她對我露出滿臉疑惑，我不由得苦笑。

我好像整顆心都在想其他事，攻破四十層這件事已經不重要了。我取出學生證，檢查顯示在上頭的攻略樓層。

學生證上「月詠學園迷宮」的旁邊寫著「四十層」。只是攻略成功，學生證就自動更新了，這機制到底是用了什麼原理？

「是啊，成功了。」

我把學生證秀給奈奈美看，奈奈美頓時眉開眼笑，笑得有如綻放的花朵。

「真是太了不起了，主人。不過看您這身模樣，似乎已經累壞了。」

我確實衣衫襤褸，不過身體倒是毫髮無傷。恢復道具的效果真猛～

「不嫌棄的話請容我抱緊處理，為您摸摸頭吧。保證能為您消除疲勞。」

奈奈美擺著一如往常的平淡表情，對我伸展雙臂。她大概只是在開玩笑吧，又或是覺得我一定會回答：「妳在講什麼鬼話……」不過現在的我不會那麼做。

「那就不客氣了。」

也不確認她的反應，我立刻就抱緊了她。之後我伸手撫摸她的頭，包覆般輕柔地挪動手掌。隨後我將臉埋進她那秀麗的銀髮之中，緩慢但使勁地將氣息吸滿胸膛。

她的身軀溫暖；她的髮絲有如絹絲般柔順。充滿了奈奈美的味道。

某種溫熱的感覺漸漸充滿身體。在體內累積的淤泥般的感覺好像緩緩被淨化了。

更重要的是……我很高興。她居然在這地方從兩天前就開始等我。

「啊，主、主主人……」

奈奈美起初雖然微微扭動身子抵抗，但不久就放棄掙扎般任憑我擺布。最後她也伸出手臂圈著我。

享受了溫香軟玉之後，緩緩放開奈奈美的身子，她像是發燒般臉頰泛紅，愣愣地盯著我。

「多虧有妳……疲勞感，都消失了。」

大概是剛才動作太粗魯吧，她的頭髮有些凌亂。因為她自己也沒有動手梳理的意圖，我靠近她身旁用手指幫她調整髮型，結束後我拍了拍她的頭。奈奈美只是抬起眼睛看著我，雖然一副有話想說的表情，但到最後都沒開口。

「幸助！」

當我摸著奈奈美的頭，兩名女性直奔向我們。

一位是身穿制服，背後綁著薙刀的學姊。

另一位則是在學校維持貴族千金形象，現在卻拋開優雅一路飛奔的琉迪。

兩人臉上都掛著燦爛的笑容，直往我這邊來。

琉迪飛身朝我突擊，我接下她的身子。

「妳們兩個……怎麼跑來這裡？」

我明明沒有通知任何人。

「奈奈美剛才聯絡我們。話說……奈奈美她怎麼了？」

看來奈奈美在向我搭話之前就先聯絡兩人了。真是優秀的女僕。

雙臂依舊圈著我的琉迪也看向奈奈美，納悶地歪過頭。反應確實異於平常。比平常可愛好幾倍的奈奈美站在該處。哎，雖然是我造成的。

「用不著擔心奈奈美。話說現在不是上課時間嗎？」

如果是在昨天，她們跑來也不奇怪。因為昨天放考試假，學校不上課。但是今天就不同了。現在這時間，下午課程應該還沒結束才對……雖然也快到結束的時間了。

「唔嗯，我溜出來了。」

「我也是。」

聽她們這麼斷言，欣喜頓時湧現心頭。

妳們到底是在幹嘛啦，真是傻瓜。為什麼要為了我這種人……

拜託別這樣。高漲的欣喜之情，隨時都有可能變成淚水滿溢而出。

我更加使勁抱緊琉迪，而琉迪也有所反應，抱著我的雙臂更用力了。

「……真是的，這樣真的可以嗎？特別是學姊，妳可是風紀會副會長喔。」

我看向學姊這麼說，她挑起嘴角淘氣地笑了。

「這個嘛，有個學生在考試期間居然不到校而進迷宮，我想好好糾正他才行。」

哈哈。妳都這樣說了，我還能怎麼回嘴啊。

「哈哈哈，不好意思啦。」

「哎，坦白告訴你，我挑了偷偷溜走也沒關係的課。」

語畢，學姊笑了笑。之後她輕吐一口氣，瞇起眼睛並面露柔和的笑容。

「況且我也很擔心啊……」

「……不好意思。」

緊接著出現的是比學姊更不應該出現於此的人物。見到那人悠悠哉哉地走向這邊，我不由得驚叫：

「姊姊？妳在幹嘛啊！」

現在不是上課時間嗎？妳怎麼會在這裡啊？學生就算了，姊姊妳可是老師耶！就算沒有課要上，還有批改考卷之類的工作吧？

「因為接到通知說你回來了。」

姊姊也一樣。連姊姊也一樣啊。可惡，就只是跑來這裡而已，為什麼我會開心成這樣啊。

「是喔……那就沒辦法了。我回來了，姊姊。」

「嗯，歡迎回來。」

「我打完四十層了。」

「嗯。我知道你可以。」

「我說姊姊，現在不是上課時間嗎？」

「我知道，現在班上自習。」

笨蛋。姊姊到底是在幹嘛啦。這不是讓我忍不住笑出來嗎？更重要的是，我的淚腺已經被逼到極限了。真的是高興到極點。為什麼大家都跑來看我了？

「幸助。」

語畢，姊姊一步又一步走向我。來到已經沒有距離的位置，她的手臂就伸向我，就這麼直接把我攬進懷裡。

「你真的很努力了喔。」

「嗯，我努力了，姊姊。」

看著依依不捨地放開我的姊姊，我抹了抹眼角。

雖然姊姊翹班沒去上課，但是對她說教的工作就交給毬乃小姐或路易賈老師吧。我還有更重要的事情。

「大家，可以聽我說嗎？現在有些事想告訴大家……」

至於現在不在場的人，之後得告訴他們。

「我想大家應該都知道了，我成功突破了當作目標的四十層。」

後半的艱辛超乎想像，但我終究還是成功突破了。成功的原因何在？

那還用問——

「多虧有大家，我才能變得這麼強。」

每天修行時總是有人在我身旁。

戰鬥時每個動作的細節中，都蘊含著大家的指導。

當我孤獨一人陷入苦境，我才真正確信。

原來我受到大家這麼多的支持。

「差點氣餒的時候，回想起大家的臉，讓我勉強撐住了。」

不知幾次想要回頭。

不知幾次差點放棄。

不知有幾次，拯救我於危機之中。

奈奈美的臉頰還掛著紅暈，琉迪表情認真地傾聽，學姊面露微笑，姊姊則一如往常。

我仔細看過每個人的臉。

這時我突然回想起當初在瀑布旁的決心。

我希望她們能迎向快樂的結局，我才想提升自己的實力。

那只是單方面的心願。我原本以為，那只是不惜自己的安危去追求，如此一來就能達成的目標。

但是那並非單方面的心願。大家對我如此關懷，如此不惜協助，我想守護的人們成為我的助力，我喜歡的人們對我不遺餘力。

我敢說，在這個世界上沒有人比我更幸福。

我用破破爛爛的袖口擦拭滿溢而出的情感。之後我握緊了裝在口袋的三個護身符。

那麼，現在就開口告訴大家吧。說出這份滿溢而出的感謝，說出這份心情。

比起區區的可能性種子，無比寶貴而且無可取代的人們。

「謝謝大家。」

疲勞總會在不知不覺間累積，儘管之前好端端的，也會因為某些契機而突然襲來。

這次的契機是熱騰騰的洗澡水和軟綿綿的棉被。

與伊卡洛斯的戰鬥、抵達頭目關前累積的疲勞。再加上懷疑自己是否能達成目標的憂心。

當然不可能不累。

不管姊姊在不在床上，二話不說鑽進被窩。我已經想睡到就連走到另一個房間都嫌累。從姊姊那邊搶來半邊枕頭，立刻閉上眼睛。

今晚的被窩有種莫名的溫度和柔軟，躺起來非常舒適宜人，大概是因為作了個美夢吧。被窩和身旁都不知為何莫名暖和，我馬上就睡著了。

到這邊都沒問題。問題發生在當下。

傳到耳畔的不是啾啾鳥鳴。太陽已經升到頭頂，幾乎到了午餐時間。

其實我原本打算早點起床。正常上學後，被橘子頭罵：「你這幾天是死去哪裡了？」然後被伊織用無可奈何的冰冷視線注視而萌生快感。

看來似乎是奈奈美自作主張讓我繼續睡，還做好了挨罵的心理準備。

我是從琉迪的訊息才得知，奈奈美似乎擔心我的疲勞而故意讓我睡到飽。難道我有必要對這樣的她動怒嗎？

我和奈奈美跟克拉利絲小姐用過時間偏早的午餐後，對琉迪她們送出我接下來要到學園的訊息。最後在克拉利絲小姐的目送下離開家門。

在我抵達學校時，成績大概已經公布了吧。

我在學園的立場會有何變化呢？我已經好一段時間沒去了，也許大家已經淡忘我了。不過只要和琉迪一起走在校園裡，大家馬上會回憶起我的存在吧。特別是ＬＬＬ那群人。

這次的事件不管日後如何發展，他們的敵視都不會改變吧。但是態度會有所軟化或是更加敵視，這我不曉得。我唯一確定的是，不管他們想怎樣都無所謂。不過——

我用眼角餘光看向走在身旁的奈奈美。

萬一有任何人想危害我重視的人，到時候就是全面戰爭。不，我想琉迪應該會先發飆。哎，不過就奈奈美的可愛程度，日後有粉絲俱樂部成立也不奇怪，我想應該不至於被排擠。

令我吃驚的是，琉迪站在校門前。

她一見到我，立刻就挺直背脊，像個千金小姐般微微擺著手。見到那身影，奈奈美說道：

「我總是覺得不可思議，居然不會穿幫。」

我完全同意。

琉迪說成績表在魔法公布欄上公開的時間是在午餐前。用餐完後原本打算和眾人一起去看，只有琉迪接到我的訊息而來到這裡。

我和琉迪並肩而行，奈奈美隨侍在斜後方。

想當然非常醒目。皇女琉迪薇努、美少女女僕奈奈美、醒目至極的披肩男。

不過，今天指向我的並非平常那種尖銳的嫉妒視線，但也不是羨慕的眼神。

而是看著無法理解的某種生物般，畏懼和恐懼的視線。

擦身而過的人都看向我。換作平常，大部分的視線都會被琉迪吸引吧。我則是被人家順便瞪一眼。

但是今天不一樣，所有人都注視著我。

不經意地看向身旁，琉迪看起來掩不住喜色。

她用走在身旁的我才能聽見的音量輕聲呢喃「感覺真不錯」。奈奈美雖然態度一如往常，心情似乎同樣很不錯。

我還以為所有人都會用這種眼神看我，但並非如此。

「哦！是幸助耶！」

橘子頭他們叫住我。

「我原本想說你一個人翹課太詐了，沒想到你在幹大事啊！為何不找我們一起？」

不只是橘子頭，同班的男生和女生紛紛稱讚我。你翹課太凶、帶我去迷宮當作懲罰！諸如此類的說話聲此起彼落。眾人一如往常般和我搭話後離開。

我的反應也許非常笨拙。這也是沒辦法的吧？橘子頭的反應還在預料之內，但我實在沒想過同班同學也都一如往常般對待我，對我這種風評差勁至極的男人。

我愣愣地目送他們的背影離去後，琉迪告訴我：

「是聖幫你在同班同學之間講好話。之後記得跟他道謝。」

坦白而言，我原本以為只有和花邑家關係親近的人們對我沒有偏見。但事實並非如此。

「這樣啊。我懂了，我一定會告訴他的。」

但是我還有個疑問。伊織和路人配角的女生們關係好嗎？伊織基本上對女性態度消極，雖然對女主角們就某種角度來說手腳很快就是了。

「我說，其實琉迪應該也在私底下幫我說話吧？」

若非如此，我覺得女同學們應該不會用平常的態度對待我。

琉迪不否認，沉默就代表了回答。

「是喔。也得謝謝琉迪才行。」

「……嗯。不過不只是我和聖而已喔。」

說完她面朝前方。站在該處的是將粉紅色頭髮綁成雙馬尾的女性——卡托麗娜。她對琉迪瞄了一眼，隨即筆直走到我面前。她看起來心情似乎有些煩躁。

「我說你啊，這種事你要搞幾次才滿意？」

她大概已經看過，而且得知了吧。

「我不記得我做了什麼事。」

「唉～～真受不了。哎，你要這樣搞是無所謂啦。是很厲害沒錯，要稱讚你也可以。但是你也考慮一下旁人的感受嘛。」

語畢，她站到我面前，豎起一根指頭抵在我的心窩處。

「你知不知道琉迪她們有多擔心？費了多少功夫想辦法幫你維持形象？」

「…………我心裡當然很感謝。」

看著一面低語呢喃一面搔頭的卡托麗娜，琉迪像是忍不住般笑了起來。

「聽我說，幸助，里菜同學其實非常擔心你喔。她時常說『那傢伙才不是那種人』，跟人家吵架喔。」

卡托麗娜睜大了眼睛，慌慌張張地靠向琉迪。

「喂！琉迪！妳在講什麼啦？這種事怎麼可能嘛，這個笨蛋、傻子！」

卡托麗娜的臉頰微微發紅，讓我不由得笑了。不過也因此被她狠瞪一眼。

「不好意思讓妳擔心了。謝謝妳幫我這麼多。」

卡托麗娜咂嘴並雙手抱胸。與我拉開距離後，倚著附近的牆壁。

「……我說，有關你的各種謠言到處在傳。這件事你知道吧？」

「我知道啊。是負面的謠言吧。」

「我因為事先知道你不是那種人，所以覺得很煩。」

卡托麗娜輕嘆一口氣。

「那些傢伙說話都不經過大腦，明明不清楚實際狀況就亂貼標籤批評別人。再加上這次……真是讓我氣到不行。」

語畢，她猛嘆一口氣。

「話說，我有件事想問你一下……」

「怎樣？」

「你現在……還是認為我能夠變強到足以和你並駕齊驅的程度？」

這種問題——

「這是當然的啊。我只要稍微放鬆就會被大家追過去，所以我正全速往上衝。」

「……是喔。」

卡托麗娜若有所思。我大概能猜到她正在想什麼。對於現在的她，我能做的事情大概只有一個。

「對了，我所知的迷宮中，有幾個非常高難度的地方。哎，雖然我輕輕鬆鬆就攻破了，嗯～～不過對卡托麗娜也許有點……像這樣的迷宮，怎麼樣？有沒有興趣挑戰看看？」

「啥？」

我故意對卡托麗娜挑釁般說道。當然我絕對不會介紹不適合卡托麗娜的迷宮，反倒是介紹最適合她鍛鍊的迷宮。

卡托麗娜狐疑地看著我。在卡托麗娜開口前，琉迪先說話了。

「里菜同學，我覺得不妨一試。」

卡托麗娜直盯著琉迪的臉看了好半晌，最後挪開視線，看向我。

「既然琉迪這樣講………哎，我有空就去打發時間吧。」

「好啊，妳就去試試看吧。」

能超越我就儘管超越吧。當然我可不會讓妳超前。

「可惡。這傢伙是怎樣，氣死人了。」

說到這裡，說話聲突然壓低。

「不管是伊織還是你，我都不想輸。」

銳利的視線射向我。

「我認同妳的實力和可能性喔。」

主要女角之一的加藤里菜。她很強，這一點我非常清楚，而且我想要她變得像遊戲中那麼強。不過我可不會輸給她。

「是喔。既然這樣，你就趁現在盡量囂張吧。」

說完她便轉身背對我們。隨後她擺著手掌，朝著校舍的方向走去。目送她的背影時，我突然想到。

「喂，卡托麗娜！」

「幹嘛？」

她轉身面對我，我將戒指扔向她。

「謝啦。那個是謝禮，拿去用吧。」

抵達魔法公布欄的時候，該處已經圍了一群人。四周原本充滿騷動聲，但沉默從看到我的學生開始擴散，像是石子投入水中後的波紋般傳開。視線開始朝我集中。

就在我數次呼吸的短暫時間內，寂靜包圍了周遭。

眾人的視線都指著我。我不理會這些男女同學，朝著能看清公布欄文字的位置移動。於是眼前的人群自動朝左右分開，就像摩西面前的紅海，讓出了一條路。

我走過那通道時，有人呢喃低語。

『那個人就是……瀧音幸助。』

看起來滿好玩的。占據排行榜頂端的學生都在考試拿到超高分，唯獨我一人0分。光看合計分數，完全是吊車尾。但是我卻立於頂點之上。

拿到高分而顯示在排行榜頂端的一年級生之中，我已經結識的有琉迪和伊織。看來伊織真的非常努力，拿到第五名的好成果。就首輪遊戲的男主角而言算是相當好的成果吧。

我和琉迪說著「回教室去吧」時，在這鴉雀無聲的現場，突然間有人大聲叫我。

「幸助！」

RANKING BOARD

ROYAL

1 瀧音幸助

KOUSUKE TAKIOTO

排名	學科測驗	實技測驗	合計分數	攻略階層
	0 分	0 分	0 分	SOLO 40 層

2 加布里埃拉・伊凡吉利斯塔

GABRIELLA EVANGELISTA

排名	學科測驗	實技測驗	合計分數	攻略階層
	96 分	84 分	180 分	- 層

3 琉迪薇努・瑪莉・安潔・多・拉・多雷弗爾

LUDIVINE MARIE-ANGE DE LA TRÈFLE

排名	學科測驗	實技測驗	合計分數	攻略階層
	84 分	92 分	176 分	- 層

擠過人群現身的人正是伊織。他似乎也來看成績。

「恭喜拿到第一！幸助真的好厲害。」

如此說著的伊織面露燦爛笑容，讓我備感療癒。仔細一想，我也受到伊織不少照顧。但在我開口道謝之前，還有其他事。

「伊織，我們換個地方吧？」

我也不想讓這些畏懼的目光波及他。

我一面走一面對伊織說道：

「聽說你幫我做了很多事，謝謝。」

聽我這麼說，伊織面露靦腆的笑容，搔了搔臉頰。

「不客氣……不過啊，我希望你事先跟我說明。因為你連考試都不來，我很擔心耶！起初我還以為你生病了。」

真是失態。早知道會讓他這麼擔心，就該早點向他說明才對。

「不過，我真的嚇了一大跳。因為你明明都不來學校，可是真的拿到第一名。」

我不由得笑了。確實按照常識來想絕對不可能。

「我之前不是說過了？我會拿第一。」

「還真的說過。」

「話說你也很厲害，第五名不是嗎？我要是乖乖去考試，絕對拿不到這個成績。」

高不成低不就的分數大概會讓我不方便說出「雖然不至於不及格……但是……」的感言。

「嗯～～也許這個分數是很了不起沒錯。不過喔，我覺得……」

「怎樣？」

「儘管受到許多人用否定的眼神看待，依然堅持自己的想法，一心一意鍛鍊自己，這樣的幸助真的很了不起。不過，我還是想超越這樣的幸助。」

他用認真的表情看我。

想超越我？嗯，憑你的潛力，只要條件湊齊就真的能辦到。但是……

「是喔？不過我可完全不打算退讓喔。」

說完我得意地笑了笑。

有本事就試試看啊。我會不停向前奔馳，衝刺到你追不上的距離，抵達世界最強的巔峰。

「嗯，就該這樣嘛。」

我們相視而笑。就在這時——

「啊，哥～～」

聽見那聲音，我和伊織的身體同時倏地打顫。

「咦、咦咦咦咦～～！妳、妳怎麼會在這裡！」

我和伊織有反應的理由大概不同吧。伊織是因為不知為何那個人出現於此，而我是因為過去屢次受過那道聲音的服務，現在那聲音在現實中傳進耳朵。

「嗯。因為一些原因，我轉學到這裡了♪」

可愛地吐出舌尖，稍微歪過頭。還真懂得裝可愛啊。

言歸正傳，終於她也來到學園了。我也知道她遲早會登場。

「嗯？該不會你們正聊到一半？」

她轉身面對我們，猛然低下頭。

「對不起！」

「喔喔，用不著介意，快抬起頭吧。初次見面，我是伊織的同班同學兼朋友，名叫瀧音幸助。她是琉迪薇努，這位是……」

「服侍幸助主人的忠誠且至高的美少女女僕，奈奈美。」

雖然有些吐槽點，就暫且忽視吧。啊，她的臉頰一瞬間僵硬了。

我用眼角餘光打量琉迪，她似乎正因為當下狀況感到混亂。不過這也是人之常情吧，就像奈奈美沒事愛開莫名其妙的玩笑一樣正常。

「啊，對不起，我都忘了自我介紹。」

她微微低頭行禮。隨後稍微抬起視線，盯著我的眼睛，微微歪過頭，將遮住眼睛的頭髮向側邊撥開，塞在耳後。之後從斜下方看向我的臉，對我盈盈一笑。

嗯～～果然很懂得裝可愛。不過這種精明之處很符合她的個性，反而讓我放心了。

那麼接下來，只要與伊織扯上關係，就會與她相關吧。

在魔法★探險家的遊戲包裝盒封面上占有一席之地的主要女角之一，暗藏與琉迪平起平坐的潛力——她是伊織的義妹。

「我是聖伊織的妹妹，名叫聖結花！剛轉學到這座學園，日後還請多多指教！」

▶ » « CONFIG

第十章 水守雪音的預言

Magical Explorer

Reincarnated as a Eroge Hero's Friend, I'll live freely with my Eroge knowledge.

—雪音視角—

「緊急三會會議……是吧？」

紫苑愉快地自言自語。突然接到招集通知，但她心情似乎不錯。

「雖然原因非常清楚，還真的演變成這樣了啊。」

芙蘭推了眼鏡，如此回應。

「該不會雪音事先就知情？」

「是啊。」

我取出月詠旅行家，確認已經公開的消息。

「奴家不管看幾次都無法置信。」

「是啊，考慮到攻略期間之短，現在的我們恐怕也辦不到。他究竟怎麼突破的？」

誠可謂驚天動地。

現在學園內彷彿除此之外沒有其他話題般，隨處都能聽見他的傳聞。除了擁有粉絲俱樂部的幾位女同學外，有誰的話題能如此甚囂塵上。

起因是一年級的排行榜。親眼見到的一部分人開始散播消息，到了傍晚時分，新紀錄的通知送到月詠旅行家，向全校師生證實傳聞。

這紀錄太奇怪了，簡直無法置信，四十層根本不可能。只在短短七天，更重要的是只憑單人突破，這件事最令我們戰慄。

見到這消息的二、三年級學生大多會以為是訊息有誤，或者是程式出錯吧。

但是瀧音真的辦到了。

明白這是事實的當下，我們二、三年級生和教師群的震驚大概更勝一年級生吧。

二、三年級生深切理解四十層有多麼困難。那絕非一朝一夕能抵達的地點。當時儘管有莫妮卡會長協助，但就連我們都吃盡苦頭才抵達。我原本認為現在的瀧音也許能勝過頭目，但恐怕會在抵達頭目之前放棄。見到他達成偉業，我不禁這麼想——

「我想超越莫妮卡會長，成為學園最強。」

我萌生了超越莫妮卡會長的想法。我想超越莫妮卡會長，登上巔峰。最後身為學園最強者，阻擋在瀧音面前。

因為瀧音肯定會登上那個境界。

「雪音，妳突然怎麼了？突然說什麼想超越莫妮卡會長。」

「我……想趁早成為學園最強。」

我還有和鈴音姊的約定，同時更是為了持續身為他追逐的目標。

四周一瞬間鴉雀無聲。

芙蘭沒有笑，但也沒有捉弄我，只是用認真的表情看著我。緊接著……

「哈哈哈，哈哈哈哈哈！」

突然間，紫苑笑了起來。

「雪音啊，那是不會實現的夢想。」

紫苑收起了展開的扇子。

「雪音也許真的能超越會長，但是終究無法成為最強……因為最後會登上顛峰的人……………唯獨奴家一人。」

紫苑如此說道，站在我面前。

「奴家承認妳的實力，也承認妳的才華。然而……」

她挑起嘴角，面露無懼的笑容。

「奴家從來不覺得自己無法勝過妳。」

那笑容有如肉食野獸盯著獵物時伸出舌頭舔舐嘴脣。我回望紫苑投向我的視線。

在我們開口之前，芙蘭先開口了。

「雪音和紫苑是在說什麼呢？」

我們的視線同時轉向芙蘭。

「妳們該不會都忘記我也在場了？」

「芙蘭……」

紫苑低語。

「我也認為妳們兩位的才華和實力都非比尋常，位在頂尖水準。我確信妳們日後會成為率領學園的優秀領袖，也認為妳們會越變越強。」

芙蘭推了推眼鏡後，輕嘆一口氣。緊接著將視線轉向我。她的視線與我的視線在空中交錯。

「我從現在的雪音身上能感到過去的雪音沒有的鬥志，也知道紫苑進入式部會之後比誰都要努力。」

芙蘭閉起眼睛深呼吸。

「不過，最近的進步著實令人訝異。契機究竟是從何時開始……大概是從迷宮出現在鎮上的那時吧？雪音稍微變了，而紫苑受雪音影響也更頻繁進迷宮……」

「芙蘭？」

「對我來說妳們兩位算得上是目標。紫苑總是充滿上進心而想要變強；雪音總是嚴格待己、勤於修練，而且也擁有稱得上努力結晶的實力。」

不，不只是紫苑。芙蘭也相同。

「芙蘭不也為了攻略迷宮和學生會而費盡苦心在努力嗎？」

和莫妮卡會長一起進入迷宮，習得許多的知識而提升實力，同時對學園的工作仍一絲不苟，態度非常認真，而且……也有才華，甚至讓我覺得自己可能會被超越。

「妳在胡言亂語什麼？妳也是奴家的勁敵。奴家一次也不曾看輕妳。」

沒錯，她很強。

不過最強的還是奴家就是了！紫苑如此笑道，芙蘭則面露溫柔的微笑。

「嗯，我自認每天都過得滿認真的。因為我也想變強嘛。所以說……」

她睜開眼睛，直視我們。

「我不會輸給妳們兩位。如果妳們要成為最強，那麼最後我會超越兩位登上顛峰吧。」

語畢，芙蘭推了推眼鏡。緊接著——

「我們走吧。要在諸位會長到齊前做好會議的準備。」

說完她便邁開步伐。

準備結束之後過了二十分鐘，會長們來到此處。

數次敲門聲傳來，一位女性走進會議室。

「看來我是最後一個……呃，老師還沒到啊。」

莫妮卡學生會長看著我們的臉，如此說道。

現在集合於會議室的有我和風紀會會長職的聖女絲蒂法隊長、式部會會長職的貝尼特卿、式部會副會長職的紫苑，以及學生會副會長芙蘭、剛才進門的莫妮卡學生會長。

三會的會長職與副會長職就此全員到齊。

哎，本來應該還要有另一個人在場，但是那個人遲到已經是家常便飯。莫妮卡會長想必也明白吧。

見到她們都就座之後，芙蘭端出了為莫妮卡會長事先準備的咖啡。

「那麼，召開本次緊急會議的理由……應該不需要解釋了吧？」

「就是傳聞中的他吧。」

貝尼特卿語畢便哈哈笑著。想必來到此處的每個人都事先知道議題。

「瀧音幸助。在開放的同時進入迷宮，只花了區區一星期就攻破了二年級的目標第四十層，而且還是單人挑戰。除了怪物之外無以形容。」

芙蘭倏地將眼鏡往上推，隨即將手中資料分配給眾人。

內容是與瀧音相關的個人資料。但是——

「這又是怎麼回事？幾乎都是不明嘛。根本不值得花時間讀。」

「要這樣說的話，妳不也是嗎？聖女絲蒂法妮亞。」

聽莫妮卡會長這麼說，絲蒂法隊長便將紙張隨手一扔，上半身躺向椅背。隨後將擺在座位前的咖啡杯端到嘴邊。

平常佯裝溫柔婉約的絲蒂法隊長，在這場合便展現原本的刻薄。萬一有三會之外的學生目睹這判若兩人的模樣，肯定會深感幻滅吧。三位會長中最懂人情世故、體恤他人的反倒是貝尼特卿，這樣的他如果展現在大庭廣眾之下，現在蔓延於學園內的惡評肯定會頓時消散。

「但是與其用口頭傳達，在資料上見到感覺會更明顯吧？」

芙蘭雖然沒有多說，下半句應該是「他顯然有特殊的背景」。

學園生的資料某種程度對三會成員公開。當然僅限於不至於太涉入私人領域的程度。

但是有一部分的人就連這點程度都不會公開，能調閱的只有最低限度的個人資料。這種狀況很可能是各國的重要人士（VIP）或其子女。

像是身為皇女的琉迪，她的資料上大概和瀧音同樣寫滿不明吧。

莫妮卡會長清了清嗓子。

「既然資訊已經公開了，那麼就從非解決不可的事項開始討論吧？」

「想當然是對一年級生提出宣導吧！」

貝尼特卿神情愉快地說道。

「不自量力認為自己也能辦到的愚蠢傢伙接下來似乎會層出不窮啊。」

紫苑對自己搖著扇子，如此說道。那張笑臉很有紫苑的風格。

「既然那傢伙行，那麼我也行……很容易就能想像嘛♪」

就如貝尼特卿所說，肯定有些人會這麼想。但這種想法一旦招致最糟的事態……那可就慘不忍睹了。

「但是由我們式部會出面宣導肯定是下策。這方面就交給學生會。」

「嗯，這是當然的。要是由貝尼特宣導，說不定反而有些孩子會衝動。」

莫妮卡會長笑著說道。

「可以想見。我們這陣子的活動也稍微低調些吧。」

「說的也是。」

哈哈哈、呵呵呵。式部會成員笑道。

我突然好奇，如果學生們見到一片和氣的他們，究竟會作何感想？會不會思考三會究竟是什麼？

「話說真的非阻止不可？」

這句話出自絲蒂法隊長。笑聲頓時止息，議場一片寂靜。紫苑和芙蘭的尖銳視線直刺向絲蒂法隊長。

「有什麼不好？就讓他們挑戰啊。會是個不錯的教訓吧？」

「萬一因此有人喪命了，您打算怎麼負責？」

「我的意見與紫苑同學相同。」

我不由得嘆息。見到這場面我不禁想著，最適合式部會的人選毫無疑問就是絲蒂法隊長吧。不過因為聖女這個名號，才會來到這邊。

「好了好了，各位冷靜一下，眼前有很好喝的咖啡喔。是芙蘭幫忙泡的？」

「是的，是我準備的。能聽貝尼特卿這麼說，我很高興。」

我記得貝尼特卿也是位美食家，能從他口中得到這般評語，芙蘭想必很高興吧。

「芙蘭的咖啡泡出了優雅的香氣呢……絲蒂法妮亞大人，何不喝點咖啡？此外雖然您的意見不無道理，但是希望您在口頭表現上更穩當一些。」

「為了避免一年級生魯莽挑戰，由我們學生會負責宣導。萬一有需要，說不定會委託風紀會、式部會協助。到時候就拜託了。」

場上一時氣氛險惡，但貝尼特卿立刻就平息風波。之後莫妮卡會長轉變議題。

「接下來的問題是，要怎麼處置他。」

「嗯～～推薦進入三會是一定的。來到這裡之前我聽聞了一些謠言，我個人覺得式部會最適合他。我也希望他能進入我們這邊。」

「哎，不過這得看本人意願。畢竟式部會立場特殊。不過就算他不選式部會，奴家個人也有興趣，希望他能加入某個會底下。」

語畢，紫苑展開扇子遮住嘴邊，直盯著我看。莫妮卡會長也同樣注視著我。

紫苑和莫妮卡會長過去曾經目擊我與瀧音為了救助琉迪而闖進迷宮的那一幕。就紫苑的個性來說，她肯定是因為我了解瀧音的為人，才笑得那樣意味深長。

不，我和他有交情這點事，出現於此的所有成員應該都調查過了吧。

「式部會恐怕有困難吧？實力確實無可挑剔，但是他有相對應的權力和地位嗎？」

大概是因為瀧音似乎會添增新的工作，絲蒂法隊長嫌麻煩似地說道。

「要加入風紀會也有困難吧？聽說他幾乎都不出席課堂，盡做些會破壞風紀會概念的行動。真要邀請入會的話……大概還是學生會吧？」

芙蘭看著資料如此說道。

「既然這樣就找應該懂的人徵詢意見吧。」

莫妮卡會長的視線轉向我，於是所有人的視線集中在我身上。

雖然我刻意保持沉默，既然話鋒轉向我，能回答的部分就先回答吧。

「無論是學生會、風紀會或式部會，瀧音應該都能勝任吧。那傢伙的本性是個認真的人。」

先不談瀧音想加入哪一個會，只要他願意，應該全部都能勝任。

「不過式部會需要地位吧？沒有地位應該有困難吧？」

事實如同莫妮卡會長所說。

「這部分反而完全沒問題。對他出手就等同向多個國家挑釁，況且他的監護人就在這學園內。」

「咦？真的是這樣？向多個國家挑釁，那不就是與聖女大人或琉迪薇努大人同等的重要人物？和那種大人物有關……？等等，對了……不過，應該不至於吧？」

看來貝尼特卿已經察覺了。

「那人應該很快就會到了，直接確認他的身分就好。」

「很快就會到……該不會！」

恰巧就在這時。像是看準時機般，她走進會議室。

「不好意思～我來晚了。」

現身的人正是花邑毬乃學園長。

「接到通知說要開緊急會議，雖然我能預料，議題是什麼？」

我回答她的問題。

「是有關瀧音的事。」

毬乃小姐愉快地輕笑後就座。緊接著——

「我就知道～果然是這件事。很厲害對吧？我家的孩子。」

若無其事般說道。

這句話出口的同時，我感覺到場上氣氛凍結了。

所有人都無從得知吧。

「對，瀧音幸助身上流著『花邑家』的血脈。」

所有人都啞口無言，芙蘭甚至半張著嘴。

不過除了我和毬乃小姐之外，唯獨一位女性態度無異於平常。

她——莫妮卡會長輕嘆一口氣後，對我投出視線。唯獨她與眾人的反應完全相反，一如往常般神色悠然。

「雪音，我問妳，瀧音幸助是什麼樣的人？妳應該很了解他吧？讓我聽聽妳的意見。」

聽她這麼問，我突然陷入沉思。

他究竟是什麼樣的人？勤於努力、研究不懈、偶爾像個笨蛋，雖然有時候視線落點有點可疑，但個性還算誠實，更重要的是他很珍惜他人。此外和我一樣喜歡抹茶，出乎意料地懂得下廚，待在一起總是很開心……

呵呵。真是的，我到底在想些什麼啊。

不管怎麼想，莫妮卡會長想要的肯定不是這類評語。

瀧音幸助啊。

他是個不可思議的人。我覺得他看事物的角度與我們不同。他眼中見到的世界究竟是什麼樣的景色？站在和他同樣的立場上，也能見到同樣的世界嗎？我也想看看他眼中的世界。

雖然只是我的直覺，我想那恐怕不是金碧輝煌的璀璨世界。

那也許是一片放眼望去綠意盎然的開闊場所，而且有美麗的瀑布，以及承接瀑布的小溪。

這時我突然回想起瀑布旁的往事。

我回憶起當時瀧音說的話。在迷宮裡好像說過吧？被ＬＬＬ的學生纏上時也說過同樣的話吧？

對了。不是有句話非常能體現他這個人嗎？瀧音自己都講了好幾次嘛。對於不認識他的人們，那只是荒誕無稽的大話，令人捧腹大笑。如果是在過去，大家只會一笑置之。但是現在已經不同，而我也認為那句話有一天會成真。

哈哈。

這種台詞浮現腦海，而且覺得非常適合他，這恐怕是因為我已深受他的影響了。不過，我完全不以為忤，反倒覺得心情愉快，明明受到影響卻覺得開心。而且居然還情不自禁想受到更多影響，看來我已經病入膏肓了吧。

總之我的回答已經決定了。不過既然要說，就擺出瀧音的態度說出口吧。畢竟是體現瀧音的一句話，還是該擺出瀧音的架子。

腦海中浮現了瀧音的臉。沒錯，在這種重要場面，他總是會擺出充滿自信的態度，輕描淡寫地說：

「瀧音幸助這個男人……」

我轉頭面向當下學園生之中最強的莫妮卡學生會長，露出無畏的笑容。

「將會在這座魔法學園成為世界最強。」

後記

日安，我是音訊全失的入栖。

日前開設了官方Twitter帳號，預定將放上與奈奈美的短篇對話等等。若您有興趣的話請追隨以下帳號：https://twitter.com/Majieku_（@Majieku_）

——致謝——

神奈月老師，感謝您一直以來的協助。路易賈老師、結花、芙蘭、紫苑所有人的角色設計簡直無從挑剔。此外雪音學姊真是太棒了。特別是在見到九頭龍的瞬間，我的心肺機能停擺了。

緊接著是本作的漫畫版作者緋賀老師。瀧音等人在漫畫中栩栩如生地活躍，真是太棒了！真想快點看到續集……！

接下來是為本書寫下評語的丸戶史明老師、田中羅密歐老師、東出祐一郎老師。成人遊戲界的諸位大人物光是願意閱讀本書就已經三生有幸了，甚至還能得到各位的評語，真令我感激涕零。因為我一直以來都是各位老師的粉絲……成為輕小說作家真是太好了。到現在還有種置身夢中的感覺。

同時也要感謝裝訂設計的杉山絵老師。十分感謝您美妙的設計，遊戲視窗和箭頭與遊戲般的圖樣我都很喜歡！

此外在MAD影片也受到照顧了。ave;new／あべにゅうぷろじぇくと、神月社、Lump of Sugar等相關人士，非常感謝各位。真沒想到能與不知道聽過幾次的「碁子麵(True My Heart)」辦聯動企劃……我真的非常高興。

感謝宮川編輯。不只是平常檢查並校正原稿等工作，還有製作影片等等的調整，真的非常感謝您。只是我有些好奇，在星期六日也照常有工作信件送過來，有時候晚上打電話過去，您也正在工作吧？請千萬別倒下了。萬一您倒下，魔探就在此告終了。

最後，感謝購買本書的各位，真的非常感謝大家。多虧有各位，才有現在的有栖。若您不嫌棄，日後還請繼續陪伴本作走下去。

——其他——

今天有些事想向各位討教，雖然只是個人問題。

入栖在描寫情景時常會在網路上搜尋圖像。

比方說風景。若要詳細描寫自然景物，還是想要一邊看著風景一邊寫。如果情況允許，我也會直接造訪那個場所或相似的地點（雖然描寫太長會變成刪節的對象）。

那麼，本書有段特別重要的詳細描述。讀過本書的各位應該都知道吧？

沒錯，就是女性內褲。

這應該是無庸置疑的吧？我甚至覺得若不將筆力灌注在內褲，究竟要在何處發揮才好？既然如此，我該怎麼做？

哎，要向友人堂堂正正投出一記「內褲借我看」的火焰直球也是個選項，不過這球不只會被轟回投手丘，對方還會拎著球棒上來揍人吧。最糟的狀況下甚至會讓我身敗名裂。

我也不想失去重要的事物（無論是身體或社會上），當然不採用這個方案。

那麼我該怎麼辦？我很快就想到答案，那就是靠網路搜尋資料。網路是種便利的工具，成年男性待在家中也能悄悄地看遍各種內衣。

但是這方法暗藏非常、非常重大的缺陷。我想知道的人應該也不少（讀過網路版的讀者也許知道我曾經嘀咕過），其實搜尋和瀏覽的履歷資料都會被收集，再根據這些資料推薦商品給用戶。至於大量搜尋內褲的有栖落得何種下場？我想應該無庸贅述了。

是的，網站上的廣告統統都變成了內褲。

但是這其實算不上多大的困擾，這其實一點也不重要。儘管青春期的姪子因為「這傢伙為什麼網頁上都是內衣廣告」而對我投出狐疑的視線，但我一點也不在意。

然而從瀏覽履歷而來的廣告中，有個足以撼動意志的恐怖商品。因為我曾經搜尋過，出現在廣告中也不奇怪。那是個可愛到讓人忍不住想抱回家的傢伙。

沒錯，就是那個。寶〇夢的玩偶。

老實說看了內褲還能夠化險為夷，但是寶〇夢的玩偶就是另一回事了。

當那純真水亮的眼睛看著我，就讓我想磨蹭肯定很軟的臉頰。當下這個瞬間也不例外，網頁廣告區映著寶〇夢玩偶，那傢伙總是用眼神對我傾訴：快和我結下契約，成為寶〇夢大師吧！

但是，我只是個平凡的大叔。雖然過去曾和年幼的姪子姪女快快樂樂地玩遊戲，他們現在已經會對我投出「咦？年過三十的大叔還在玩寶〇夢？」之類的視線。那些傢伙肯定不知道，我們無論過了多久都是寶〇夢訓練家（至理名言）。

不，小孩子的目光其實一點也不重要。考慮到將來，我有必要省吃儉用。光是要擠出平日買輕小說和遊戲的費用就已經竭盡心力，開支再增加下去就得做出削減餐費等等的犧牲了。但我想盡可能避免。正因如此，我正發揮鋼鐵精神抵抗。那麼……都寫到這邊了，我想各位也明白我想求教的內容了。

是的，就如各位所想。

房間裡的人偶數量已經增加太多了，到底該收藏在哪裡才好？

我看還是借放在責任編輯家吧。

入栖

個人覺得幸助和奈奈美搭檔
是最讚的喔

神奈月昇

Next Scene

下集預告

Magical Explorer 4

魔探主角聖伊織的義妹
將掀起「波瀾」……？

魔法★探險家
—Title
Magical Explorer

轉生為成人遊戲萬年男二又怎樣，我要活用遊戲知識自由生活

Reincarnated as a Eroge Hero's Friend, I'll live freely with my Eroge knowledge.

4
—Volume

敬請期待！

七魔劍支配天下 1~4 待續

作者：宇野朴人　插畫：ミユキルリア

最強魔法與劍術的戰鬥幻想故事第四集登場！
2020年《這本輕小說真厲害》文庫本部門第一名！

金伯利魔法學校再次迎來春天，奧利佛等人也升上二年級。照顧新生、新的課程和各自的修行，讓他們每天都忙得不可開交。有一天，他們決定去學園附近的魔法都市伽拉忒亞散心，一起吃喝玩樂，完全不知道那裡最近有危險的砍人魔出沒──

各 **NT$200~290/HK$67~97**

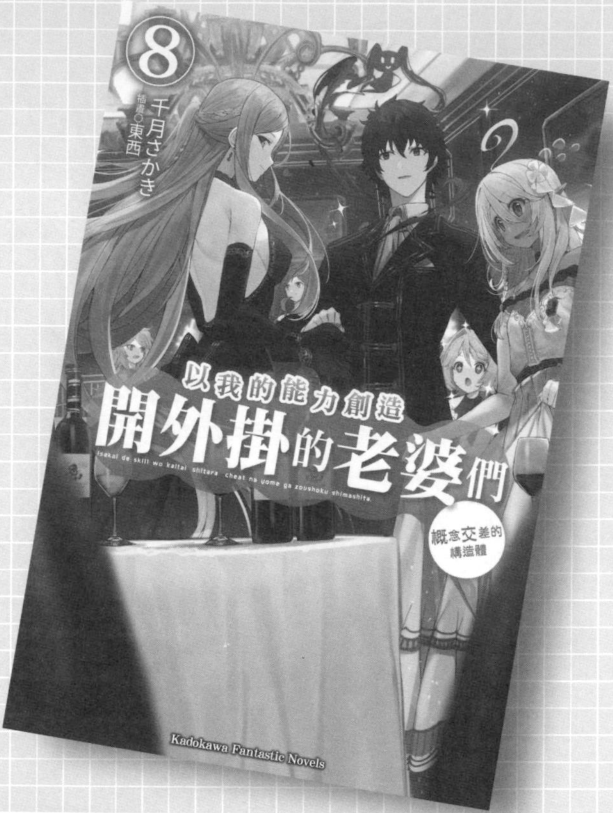

以我的能力創造開外掛的老婆們 1~8 待續

作者：千月さかき　插畫：東西

這次凪竟假扮成蕾蒂西亞的未婚夫!?
全系列突破33萬冊的最強後宮系列第八彈！

凪一行人回到伊爾卡法與蕾蒂西亞重逢。但城市卻遭到石像鬼的襲擊，幸好凪等人打倒了石像鬼，但功勞卻被譽為「慈愛的克勞蒂亞公主」的第三公主的士兵搶走，對市民宣稱是他們拯救了城市……!?被捲入王家陰謀的凪等人能否化險為夷!?

各 **NT$200~240/HK$65~80**

國家圖書館出版品預行編目資料

魔法★探險家：轉生為成人遊戲萬年男二又怎樣，我要活用遊戲知識自由生活 / 入栖作；陳士晉譯. -- 初版. -- 臺北市：臺灣角川股份有限公司，2021.06-

冊； 公分. -- (Kadokawa fantastic novels)

譯自：マジカル★エクスプローラー エロゲの友人キャラに転生したけど、ゲーム知識使って自由に生きる

ISBN 978-986-524-549-8(第3冊：平裝)

861.57 110006100

魔法★探險家 轉生為成人遊戲萬年男二又怎樣，我要活用遊戲知識自由生活 3

（原著名：マジカル★エクスプローラー　エロゲの友人キャラに転生したけど、ゲーム知識使って自由に生きる 3）

2021年7月21日　初版第1刷發行

作　者：入栖
插　畫：神奈月昇
譯　者：陳士晉

發行人：岩崎剛人
總編輯：蔡佩芬
編　輯：孫千棻
美術設計：李思穎
印　務：李明修（主任）、張加恩（主任）、張凱棋

發行所：台灣角川股份有限公司
地　址：105台北市光復北路11巷44號5樓
電　話：（02）2747-2433
傳　真：（02）2747-2558
網　址：http://www.kadokawa.com.tw
劃撥帳戶：台灣角川股份有限公司
劃撥帳號：19487412
法律顧問：有澤法律事務所
製　版：尚騰印刷事業有限公司
ＩＳＢＮ：978-986-524-549-8
